현대

도술사

묵련 장편 소설

FUSION FANTASTIC STORY

현대 도술사 5

묵련 장편 소설

초판 1쇄 찍은 날 § 2015년 10월 14일
초판 1쇄 펴낸 날 § 2015년 10월 21일

지은이 § 묵련
펴낸이 § 서경석

편집책임 § 이재림

펴낸곳 § 도서출판 청어람
등록번호 § 제387-1999-000006호
등록일자 § 1999. 5. 31
어람번호 § 제1-2259호

주소 § 경기도 부천시 원미구 부일로 483번길 40 서경B/D 3F (우) 420-822
전화 § 032-656-4452 팩스 § 032-656-4453
http://www.chungeoram.com
E-mail § chungeorambook@daum.net

ISBN 979-11-04-90461-5 04810
ISBN 979-11-04-90315-1 (세트)

현대 도술사

묵련 장편 소설

FUSION FANTASTIC STORY

5

CONTENTS

제1장
난리 속

　인천 외곽의 한적한 국도, 장영인와 성경택을 태운 승합차가 빠른 속도로 달리고 있었다.

　부아아아아앙―!

　장영인은 자신의 손을 케이블 타이로 꽉 묶어놓은 유하를 바라보며 물었다.

　"…이러고도 무사할 성 싶으냐!"

　"후후, 역시 썩어도 준치라고 아직까지 주둥이가 살아 있군그래."

　아직도 약간 흥분한 장영인에 비해 성경택은 상당히 차분

한 어투로 유하를 바라보며 말했다.

"원하는 것이 무엇이냐? 생전 처음 보는 놈이 우리 두 사람을 납치하다니, 뭔가 원하는 것이 있으니 이런 말도 안 되는 짓을 벌이는 것 아니겠나."

"원하는 것이라… 있지, 너희의 조직."

"……?!"

장영인과 성경택은 연신 고개를 갸웃거렸고, 유하는 그제야 자신의 소개를 한다.

"나는 강남 파의 보스, 신강남이라고 한다. 한번쯤은 들어봤겠지?"

"…신강남! 네놈이 바로 그 무지막지한 애송이로군그래!"

"그래, 무지막지한 애송이지. 하지만 이제 곧 너희의 조직을 접수하게 될 형님이기도 하다. 말조심하는 편이 좋지 않겠어?"

두 사람은 유하에게 납치를 당하면서 이 사건이 그저 단순한 치기에 의한 것이 아니라고 예상하고 있었다.

그런데 그 대상이 다름 아닌 신강남이라니, 머리가 점점 복잡해진다.

"그래, 신강남. 네가 대단한 애송이라는 것은 알겠다. 하지만 도대체 무슨 수로 우리 두 조직을 통합하겠다는 거냐?"

"맞다. 아무리 네가 대단한 능력을 가진 놈이라곤 해도 이미 우리는 이 바닥에서 꽤 오래 굴러먹던 사람들이다. 내 조직이 너의 말 한마디에 목숨을 내어놓을 것 같은가?"

"그거야 내가 알아서 할 일이고."

이윽고 유하는 작은 부둣가 마을에 잠시 차를 멈추었다.

"자, 그럼 이제 본격적으로 협상을 시작해 볼까?"

"…지금 이런 일을 벌이고도 우리와 협상이라는 것이 가능할 것이라고 생각하는가?"

"그거야 두고 볼 일이고."

유하는 일단 그들을 차에서 끌어내린 후, 부둣가에 세워져 있던 배를 타고 천천히 바닷가를 유영하기 시작했다.

솨아아아아—!

밤바다의 시원한 공기가 폐부 깊숙이 들어와 도시에서는 찾아보기 힘든 청량감을 가져다준다.

유하는 그런 바다에 낚싯대 세 개를 던져 놓곤 입을 열었다.

"이 바닥에 있는 거의 모든 사람이 아는 얘기겠지만, 너희들은 신림의 휘하에 있는 것이나 마찬가지다. 한마디로 너희들은 황제의 밑구멍이나 핥는 소국의 왕이나 다름이 없다는 소리지."

"…하고 싶은 말이 뭔가?"

"나는 너희들이 처음 신림에게 장악당했을 때, 엄청난 피해를 입었다는 것을 알고 있었다. 그리고 지금까지 그 피해가 복구되지 않고 있다는 것도 알고 있지."

"……."

이 두 사람은 처음 신림이 급부상하던 시절에도 여전히 한 조직의 보스로 군림하고 있었다.

그들의 세력은 꽤나 강성했으나, 조폭계의 괴물과도 같았던 신림을 어찌할 도리가 없었다.

그래서 그들이 가지고 있던 세력권의 절반이 넘는 구역을 빼앗겼고, 지금은 그들의 하청업체처럼 주는 일이나 받아서 하는 꼴이었다.

아무리 그들이 주체로 일을 벌인다고 해도 분명 신림의 입김이 여전히 존재하고 있었으며, 그 흔한 오락실 하나 차리려고 해도 세금을 요구하는 통에 머리가 지끈거리기 일쑤였다.

두 사람은 자신의 아픈 구석을 자꾸 찌르는 유하가 상당히 못마땅한 모양이었다.

"이런 애송이 자식이, 아까부터 사람의 속을 마구 긁는군. 그러다가 정말 물고기 밥이 되는 수가 있다!"

"큭큭, 그 꼴로 나를 물고기 밥으로 만드시겠다? 어쩐지 설득력이 전혀 없군."

유하는 아까부터 그들의 속을 일부러 긁고 있었는데, 이것은 그들의 처지를 다시 한 번 일깨워주기 위함이었다.

"잘 생각해 봐라. 너희들은 지금 애써 자신의 억울함과 무능함을 속으로 감추고 있어. 그런다고 사실이 변하지는 않는데 말이야."

"…죽고 싶은가?"

이젠 목숨이고 뭐고 유하를 찢어 죽이고 싶다는 살의가 가득한 그들에게 유하가 자신의 원래 명함을 건넸다.

"너희, 내가 원해 뭐하는 사람인 줄 아는가?"

"…동네 양아치가 하긴 뭘 했겠나? 뒷골목에서 푼돈이나 뜯고 다녔겠지."

"쯧, 이렇게 시야가 좁아서야 뭘 해먹겠나? 내가 앞에 놓은 명함을 한 번 봐라. 뭐라고 적혀 있는지."

그들은 유하가 내려놓은 명함을 보곤 이내 고개를 갸웃거린다.

"…영천식품제약? 이곳은 천뇌환을 팔아먹는 곳 아닌가?"

"맞아. 내가 그곳의 대표이사다."

이윽고 유하는 아직까지 제대로 알려지지 않은 자신의 얼굴이 단 한 컷 나온 신문 기사를 그들에게 내밀었다.

"봐라. 이것이 바로 내 얼굴이다. 눈알이 동태가 아닌 이상에야 내가 이 사람이라는 것을 어렵지 않게 알 수 있겠지."

"……!"

순간, 그들은 도저히 이해하기 힘들다는 표정으로 물었다.

"미친놈도 아니고 멀쩡한 사업을 해 처먹던 놈이 무엇하러 이 뒷골목에까지 기어 온 것이냐? 업종 전환을 아주 묘하게 하는 놈이군."

"내가 업종 전환을 꾀한 것은 아주 단순한 계기다. 임경필과 채민준, 이 빌어먹을 놈들을 쳐부수기 위해 칼을 잡은 것이다. 두 놈은 내 아버지의 원수다. 내 아버지가 100억 대 자산가에서 빈털터리 신세로 전락해 결국엔 거리에서 객사하게 만든 장본인들이지."

"흐음……."

유하는 당시의 재산목록과 지분 인수 과정이 모두 담긴 서류를 두 사람에게 보여주며 말했다.

"봐라, 우리 아버지가 어떻게 당하셨는지."

그들은 유하가 깔끔하게 정리해놓은 서류를 천천히 읽어보았고, 이내 낮은 신음을 흘렸다.

"흠… 이것 참, 더럽게 엮었군."

"그럼 OK그룹은 원래 그놈들의 것이 아니네?"

"당연하지! 내 아버지는 원래 OK텔레콤의 대주주였다. 지금의 그룹이 가진 계열사들도 모두 아버지의 것이었지. 하지만 그놈은 자신이 양지로 나아가기 위해서 우리 집안을 통째로 무너뜨렸다. 덕분에 나는 지금까지 두 동생들과 함께 꿔다놓은 보릿자루마냥 친척 집을 전전하다 결국 소년 가장이 되어버렸지."

그제야 두 사람은 유하가 왜 이런 짓을 하고 있는지 이해할 수 있었다.

"이 세상에 사연 없는 사람 없다만, 네놈은 그중에서도 아주 더럽게 꼬인 놈이군……."

"그래, 더럽게 꼬였지. 하지만 그 실타래를 풀 수 있는 방법은 단 하나뿐이다. 바로 그놈들을 내 손으로 처단하고 빼앗긴 회사를 되찾는 것!"

"으음……."

유하는 그들에게 자신이 줄 수 있는 것들에 대해 설명했다.

"만약 너희가 나에게 조직을 넘겨준다면, 그 은퇴는 남부럽지 않을 것이라고 장담할 수 있다. 혹시 생각은 해봤나? OK그룹의 지분을 0.1%라도 갖게 되는 것을 말이다."

"……!"

"이제 너희들은 너무 늙었어. 이충만처럼 야심이 아주 큰 것도 아니고 그저 너희 스스로 조직을 꾸려나갈 수 있을 정도의 생활을 원할 뿐이지. 나는 그 생활보다 더 윤택한 노후를 보장해 줄 것이다. 만약 너희들이 지금 조직에서 물러난다면 100억 대 자산가가 될 수 있도록 만들어주지."

"흐음……."

"물론, 그룹에서 나오는 배당금도 보장하겠다. 그렇게 되면 남부럽지 않게 대대손손 먹고 살 수도 있을 것이야."

지금 유하가 그들에게 제안하는 것은 모두 쉽사리 거부할 수 없는 달콤한 유혹이었다.

"이것 참……."

"잘 생각해 보기 바란다. 이대로 개털이 되어 거리에 나앉을 것인지, 아니면 윤택한 노후를 바라볼 것인지 말이다."

정신병에 걸린 사람이 아니고서야 유하의 제안을 차버릴 사람은 없을 것이다.

더군다나 두 사람은 이제 슬슬 후계 구도를 구축해야겠다고 생각하던 찰나였다.

그렇게 되면 그들은 이제 더 이상 조직의 보스가 아니라 한 가정의 가장으로서의 삶을 준비해야 하는 것이다.

그런 측면에서 생각한다면 유하의 조건은 상당히 좋다고 볼 수 있었다.

유하는 그들에게 양도 각서를 내밀었다.

"너희들이 가진 재산을 당장 나에게 양도한다는 각서를 작성해라. 그러면 내가 가지고 있는 스위스 은행 계좌를 제공하겠다. 너희들이 조직을 모두 양도하는 대로 그 통장에 20억 원이 입금될 것이다. 또한 스위스 알프스 산맥에 있는 한적한 별장과 제네바의 고급 빌라도 양도될 것이고."

"……."

"어떻게 할 건가?"

결국 두 사람은 유하의 제안을 받아들이기로 했다.

"좋다. 너의 제안을 받아들이기로 하지. 하지만 조건이 하나 있다."

"뭔가?"

"나는 내 조직이 이대로 깨지기를 원치 않는다. 최대한 조용히 조직을 흡수할 수 있는 방안을 모색했으면 좋겠군."

"물론, 당연한 얘기다. 내가 너희들에게 100억이나 되는 돈과 회사의 지분을 넘기는 이유가 무엇이겠나? 온전한 조직을 유지하기 위함이다. 그러니 너무 걱정하지 마라."

"…알겠다."

두 사람은 이제 유하에게 적극적으로 협조하기로 마음을 먹었다.

*　　　*　　　*

인천 연안부두 앞.

이곳에선 지금 피투성이가 되어버린 토토파와 망치파 조직원들이 바닥을 기고 있었다.

몇 시간 전, 유하가 보스들과의 협상을 극적으로 타결하는 동안에도 그들은 계속해서 싸움을 하고 있었던 것이다.

그는 조직원이 모두 사망하기 전에 서둘러 현장을 찾았고, 더 이상의 인명 피해를 막을 수 있었다.

유하는 그런 그들을 모두 모으고는 자신의 이름을 밝혔다.

"나는 강남 파의 보스, 신강남이다. 내 이름을 들어보았는지는 모르겠지만 한강 사방을 통합하기 위해 조직 깨기를 하는 중이지."

"…네가 바로 신강남?!"

신강남이라는 이름은 이제 서울에서 꽤나 유명해진 상태였다. 그런 그가 가는 길엔 크고 작은 조직들이 추풍낙엽처럼 쓰러져 흡수되고 마니, 그 이름은 조폭들에겐 이미 공포의 대상이 되어버린지 오래였다.

유하는 토토파와 망치파의 조직원들에게 물었다.

"너희에게 딱 하나만 묻겠다. 신림의 천하가 계속되는 이 세계가 정말 올바르게 가고 있다고 믿나?"

"……."

"괜찮다. 어떤 대답을 하든 너희에게 불이익이 가는 일은 결코 없을 것이다."

두 조직원들은 쭈뼛쭈뼛 주변의 눈치를 살피더니 이내 왼손을 살며시 들었다.

"…물갈이는 언제나 필요한 법이라 생각한다."

"그래, 고인 물은 썩게 마련이니까."

유하는 슬그머니 미소를 지었다.

"맞다! 고인 물은 썩는 법이다. 또한, 그들은 너희를 부당하게 압박하며 부당이득을 챙기고 있다. 이것이 과연 올바른 일인가! 그런 조직에는 더 이상 발전도, 미래도 없다. 너희는 그런 조직에 몸을 담고 있는 것이다. 이대로 너희들은 그들의 억압을 모른 척할 것인가!'

그는 자신이 붙잡았던 두 조직의 보스에게서 빼앗은 인감이 찍혀 있는 각 아지트의 토지대장을 꺼내어 이들에게 보여 주었다.

"너희의 보스는 신림의 천하를 타도하기 위해 나와 손을 잡기로 했다! 하지만 그들이 조직을 버린 것은 아니다. 다만, 조직에 새로운 숨결을 불어넣기 위해 은퇴를 결심한 것일 뿐. 그러니 너희들은 보스를 잃은 것이 아니라 새롭게 거듭나는 것뿐이다."

"……."

"올바른 일을 위해 자신을 희생하는 것이 어디 민주투사만이 할 일이겠는가? 너희가 앞으로 살아갈 이 바닥을 제대로 닦기 위해서도 필요한 일이다. 그렇지 않나!"

"……."

자신들을 이끌던 보스가 사라졌다는 것, 조직원들에게 있어선 앞으로 나아가야 할 방향을 잃어버린 것과 같았다.

하지만 조금만 다르게 생각해 보면 새로운 환경에서 새롭게 시작할 수도 있다는 뜻이었다.

"물론, 나는 너희가 조직을 나간다면 말리지 않겠다. 지금이라도 이 조직에서 나가고 싶은 놈들이 있으면 손을 들어라. 나는 누구처럼 조직에서 스스로 나간다고 해도 전혀 보복할 마음도, 말리고 싶은 마음이 없다. 어차피 그렇게 유약한 놈이라면 언젠가는 잠수를 타든 도망을 가든 할 테니까."

"……."

"주변의 눈치를 볼 필요는 없다. 모든 것은 너희 스스로가 결정해야 할 문제이니까."

"…하지만 조직이 통합되면 보스가 바뀌는 것 아닌가? 그렇게 되면 흡수된 쪽이 아래가 되는 것 아니겠나?"

"아니다. 앞으론 나, 신강남이라는 사내 아래 모두 평등한 조직 생활을 하게 될 것이다. 그리고 또한, 앞으론 모두가 잘 먹고 잘사는 세상을 만들어줄 것이다."

유하는 그들에게 앞으로 자신이 만들 비전에 대해 설명했다.

"나는 태상그룹을 접수할 것이다."

"……!"

"그리고 나아가선 그 배후에 있는 OK그룹을 접수하게 될 것이다. 하지만 그것은 어디까지나 아주 먼 얘기다. 그래서 나는 일단 모든 조직을 강남 파로 엮고 그에 대한 지분을 조직원들에게 골고루 나누어줄 생각이다. 그러니까, 너희들은 강남 파라는 조합을 둔 조합원들이라고 볼 수 있다. 자신이 노력한 만큼 얻어가는 것도 많을 테니 돈을 벌 수 있는 기회는 모두에게 균등하게 돌아간다는 뜻이다."

"흐음……."

"또한, 추후에 태상그룹을 접수하게 되면 그 지분 역시 너희들에게 돌아가게 된다. 어떤가?"

"……!"

유하의 제안은 상당히 파격적이었고, 이 정도 제안을 받아들이지 않을 사람은 그 어디에도 없을 것이었다.

이제 조직원들은 방금 전과 같은 적대적인 방향에서 서서히 화친으로 돌아서는 것 같았다.

유하는 그들에게 마지막으로 물었다.

"나갈 사람이 있다면 지금 나가라. 앞서 말한 것처럼 말리지는 않겠다."

그러자, 하나둘씩 유하를 인정하기 시작했다.

"그래, 젊은 피도 나쁘진 않지."

"좋아! 한번 명운을 걸어보도록 하지!"

자고로 군인과 건달은 줄을 잘 서야 한다는 말이 있다. 그 말의 뜻인즉슨, 보스를 잘못 만나면 죽을 때까지 뼈가 빠져라 고생만 하고 말로가 비참하다는 것이다.

하지만 이처럼 새로운 피를 만나서 미래가 보장된 생활을 한다면, 오히려 조폭이 회사원보다 나을 수도 있다.

그들에게 유하는 입사 서류를 건넸다.

"이제 너희는 정식으로 4대보험이 적용되는 주식회사 '강남'의 사원이 되는 것이다. 그 이후엔 우리가 태상그룹을 접수하여 그 회사의 주인이 되자."

"오오……!"

싸움으로 얼룩졌던 연안부두, 하지만 이젠 그들의 세상이 펼쳐지려 하고 있었다.

*   *   *

며칠 후, 변호사 사무실이 문을 열자마자 유하와 두 보스는 조직의 모든 기반을 넘기고 추후의 주식을 그 대가로 넘긴다는 각서의 공증을 받기로 했다.

변호사 추신우는 세 사람이 각각 작성한 각서를 차례로 검토한 후, 이것을 공증하겠다고 말했다.

"좋습니다. 이것을 공증하게 되면 세 사람은 이제 서로 갑과 을로 묶이는 겁니다. 아시지요?"

"물론입니다."

"또한, 이에 대한 법적인 절차는 제가 진행하는 대신 수임료를 지불하셔야 합니다."

유하는 그에게 무기명채권 1억 원을 건네며 말했다.

"법적인 절차는 변호사님께서 알아서 해주십시오. 세금에 대한 것은 저에게 따로 말씀하시고요."

"알겠습니다. 주신 돈은 좋은 곳에 쓰겠습니다."

사실, 공증 하나 받는데 1억이라는 돈은 상당히 과분하지만, 유하는 일에 특수성 때문에 조금 많은 돈을 쓰기로 한 것이다.

게다가 이 일에 따르는 법적인 절차를 유하 본인이 밟지 않아도 될 테니 시간을 절약하게 되는 셈이니 손해는 아니었다.

양도 각서에 서명한 두 사람은 시원섭섭한 표정을 지었다.

"…정말 내 조직의 명맥이 없어지지 않는 것이지?"

"당연한 소리를 자꾸 하는군. 늙으면 말이 많아진다더니, 정말인 모양이군."

"…시끄럽다, 싸가지."

이제 세 사람은 변호사에게 모든 것을 일임한 후, 직접 조직의 심장부라고 할 수 있는 본거지와 창고 등을 둘러보기 위해 움직이기로 결정했다.

토토파와 망치파는 서로 마약을 주고받는 사이였기 때문에 두 조직을 통합한다면 그에 대한 시너지가 상당히 클 것이다.

장영인과 성경택은 자신들이 관리하던 창고와 클럽 등을

돌면서 유하에게 자세한 설명을 덧붙였다.

"이곳은 우리의 주요 수입원이다. 잘만 관리하면 돈이 될 거야, 하지만 듣자 하니 불법 거래에서 손을 뗀다고 하더군. 그렇지만 당분간 조직원들이 먹고 살자면 마약을 끊을 수는 없어. 클럽을 운영하더라도 얼마간 먹고 살 수 있는 수단이 있어야 하니까."

유하는 고개를 가로저었다.

"아니, 그렇게 하지 않아도 충분히 먹고 살 수 있는 방안이 있다."

"그런 방안이 있나?"

그는 자신이 가지고 있던 회사가 주식회사 강남을 인수하여 영천식품제약에서 강남식품제약으로 상호를 바꾸었음을 알려주었다.

"나는 광주에 있던 내 회사를 강남 충일빌딩으로 옮기고 그곳에 공장을 둘 것이다. 이제 강남 파는 내 회사 영천식품제약에서 일하면서 월급을 받게 되는 셈이지."

"흐음… 그렇군."

"어차피 너희들이 관리하고 있던 업장들에서 일하던 조직원들 역시 용돈 명목으로 돈을 받아 생활하지 않았나?"

"뭐, 그런 셈이지."

"그러니 차라리 회사생활을 하는 편이 그들에게는 더 나을 수도 있어. 물론, 중간보스들이 조금 불만이긴 하겠지만, 이젠 떳떳하게 부장 명함을 파고 돌아다닐 수 있으니 퉁 칠 수 있지 않겠어?"

"후후, 뭐, 그건 그렇지."

이제 유하는 자신이 흡수한 조직들이 가지고 있던 지하경제를 합법적으로 돌릴 수 있는 방안에 대해 물었다.

"불법 노래방과 룸살롱 등을 합법적으로 바꾸자면 어떻게 해야 하지?"

"일단 흩어져 있던 노래방들을 모두 폐업하고 일반 유흥주점으로 업종을 변환하면 된다. 하지만 그에 따른 세금이 엄청나겠지."

"뭐, 그것은 세무사가 알아서 할 일이고. 아무튼 노래방들은 폐업했다가 다시 개업해야 한다는 소리지?"

"그렇다. 이대로라면 여전히 보도방의 틀을 벗어날 수 없어. 그러니 차라리 비니지스클럽이나 모던바, 혹은 호스트바로 전환하는 편이 낫지."

"흐음……."

"물론 불법 안마시술소나 이발소 같은 퇴폐 업소도 돈이 되겠지만, 그것은 엄연히 불법이다. 합법을 지향한다면 칼을 대는 수밖에 없어. 고로, 작은 노래방은 접고 최대한 자본을 한군데로 집중하는 것이 유리하겠지."

"그렇군."

유하는 이 일에 적합한 수뇌부와 중간보스들의 목록을 작성할 수 있도록 조언을 구했다.

"너희들이 데리고 있던 인물들 중 이 일에 가장 적합한 사람들을 선별해 줄 수 있나? 출신 성분을 가리지 않고 말이야."

"그래, 그거야 어렵지 않지. 그 정도면 우리가 할 일은 끝인가?"

"조직에 더 남아 있고 싶다면 그렇게 하던지."

그들은 고개를 가로저었다.

"한 번 은퇴한 건달은 이 세계에 발을 붙이지 않는 것이 불문율. 그런 소리는 하지 마라."

"후후, 알겠다."

유하는 그들에게 명단을 받아 각 업장으로 향했다.

*　　　*　　　*

강남파와 거성파, 토토파와 망치파가 가지고 있던 보도방과 불법 안마시술소, 마약클럽 등은 전부 폐업 신고 조치가 되었다.

그리고 새롭게 업종을 변경하여 거대한 비즈니스클럽으로 변경해 창업하는 노선을 타게 되었다.

유하는 각 조직의 수뇌부와 중간보스들로 이뤄진 경영진을 구축했고 총 200개가 넘던 업소를 30여 개로 통폐합했다.

그중에서도 가장 규모가 큰 곳은 바로 강남역에 위치한 클럽 '하바나'였다.

클럽 하바나는 이제 일렉트로닉 DJ들이 상주하는 정통클럽으로 탈바꿈했으며, 이 클럽을 오픈하는데 들어간 돈은 대략 5~6억 남짓이었다.

원래 이 건물은 망치파의 건물이었기 때문에 그 내부를 수리하고 업종을 변경하는데 큰 문제가 없었던 것이다.

여기에 연예계와 줄이 닿아 있는 충일 파의 기반을 이용하여 연예인들과 유명 DJ들을 대거 초빙하여 성대한 오픈행사를 열었다.

쿵짝! 쿵짝!

빠바바바바바밤!

심장을 울리는 강렬한 비트와 함께 돌아가고 있는 사이키조명, 유하는 이곳에 연예인들을 대거 불러 사람들을 모았다.

그 결과, 오픈 일주일 만에 사람이 무려 3천 명이 몰리는 쾌거를 이룩했다.

정원 300명의 클럽에 사람이 들어차다 못해 줄을 지어 밤이 새도록 기다리는 진풍경이 이어졌으며, 클럽에 방문한 이들에게는 강남식품제약에서 운영하는 술집 할인 행사 쿠폰을 주었다.

오늘은 일주일간 이어진 행사의 마지막 날, 유하는 수려를 초빙하여 파티의 마지막을 장식하기로 결정했다.

사람들은 수려의 얼굴을 보기 위해 물밀듯이 몰려들었고, 유하는 그들에게 야광 팔찌 등을 제공하여 분위기를 배가시켰다.

쿵쾅, 쿵쾅!

"와아아아아아!"

사람들의 함성이 울려 퍼지는 클럽 안.

망치파 수뇌부였던 백중민이 감탄사를 연발하고 있다.

"수입이 꽤 짭짤하겠군……."

유하는 그런 그에게 앞으로의 청사진에 대해 물었다.

"앞으로 너를 비롯한 수뇌부 열 명이 이곳을 관리하게 될 것이다. 네가 직접 손을 대 만든 곳이기도 하고. 어때? 이 사람들을 유지할 수 있겠나?"

"노력해 보겠습니다."

"그래, 노력만이 살 길이지."

이윽고 행사를 끝낸 수려가 유하를 찾아왔다.

"이 아저씨야! 사람을 클럽으로 불러놓고 얼굴도 안 비춰?"

"아아, 미안! 내가 좀 바빠서 말이야."

"쳇, 얼마 전에는 여자에 미쳐서 나를 버리고 가더니……."

유하는 고개를 갸웃거리고 있는 백중민을 바라보며 괜히

헛기침을 해댄다.

"큼큼! 이놈이 술을 마셨나… 아무튼 나는 이만 가보겠다. 관리 잘할 수 있도록."

"예, 형님! 살펴 가십시오."

이내 돌아선 유하의 뒤를 쫓는 수려, 그녀는 연신 입을 삐죽거린다.

"어쭈, 거기 안 서? 저런 싸가지 없는 아저씨를 보았나!"

"하하, 따라와. 맛있는 것을 사줄 테니까."

"씨이……."

두 사람은 곧바로 클럽을 나서 한남동으로 향했다.

*   *   *

한남동에 위치한 민아의 집.

유하는 자연스럽게 비밀번호를 누르고 그 안으로 들어섰다.

삐비비빅, 띠리릭!

그러자, 앞치마를 두른 민아가 유하를 맞이한다.

"유하 씨, 왔어요?"

"오래 기다렸죠? 행사가 늦게 끝나는 바람에 일정이 조금 꼬여 버렸군요."

유하는 민아를 보자마자 손을 꼭 잡고 그녀의 입술에 자신의 입술을 맞추었다.

쪽!

"보고 싶었어요."

"나도 그랬습니다."

전형적인 커플의 애정 표현이 한창인 이곳에 덩그러니 놓인 수려가 인상을 확 찌푸렸다.

"아저씨, 장난해? 맛있는 것을 사준다더니, 결국 여기야?"

"민아 씨가 해준 음식이 세상에서 가장 맛있어. 몰랐냐?"

"정말… 한 대 콕 쥐어박고 싶네!"

유하는 민아에게 오늘의 메뉴에 대해서 물었다.

"오늘은 어떤 먹을거리가 있나요?"

유하의 말에 그녀는 빙그레 웃으며 식탁 위에 화려하게 차려진 음식들을 차례대로 소개했다.

"이건 도미찜이고, 이건 갈비찜, 그리고 그 옆에는……."

"우와, 이게 다 뭐야! 이걸 다 대표님이 한 거야?"

"시간이 별로 없어서 급하게 만들다 보니 차린 것이 없네요. 하지만 많이들 들어요."

"하하, 역시! 내가 여자 하나는 잘 만났지!"

민아는 한식조리사 자격증과 양식조리사 자격증을 고루 갖추고 있을 정도로 요리에 조예가 깊은 사람이다.

한때는 한식을 전문으로 하는 요리사가 되기 위해 실력을 갈고 닦았던 그녀이기에 구첩반상은 기본으로 만들 수 있다.

유하는 그녀가 차린 밥상에 수려를 앉혔다.

"앉아. 밥상이 무너질 일은 없으니까."

"…아주 이곳에 살림을 차렸군? 언제부터 두 사람이 이곳에서 함께 살게 된 거야?"

"뭐, 사람이 살다 보니 그렇게 되더라고. 그렇다고 아주 살림을 차린 것은 아니고."

"고향에 동생들이 있으니까요. 물론 조만간 서울로 다 함께 올라올 것이지만 말이에요."

두 사람은 이제 급속도로 가까워져 유하가 그녀의 집에서 출퇴근을 할 정도로 사이가 깊어졌다.

이미 유하에겐 이런 일상이 익숙한 광경이 되어버렸다.

수려는 자유롭지 못한 자신과 비교되는 민아의 생활이 너무나도 부러운 모양인지, 침울한 표정을 지었다.

"쳇… 누구는 제대로 연애도 못해봤는데, 살림까지 차렸군?"

"이젠 연애를 자유롭게 해도 괜찮아요. 내가 책임질게요."

"뭐, 뭐?! 정말?!"

"물론이죠. 난 당신을 속박하는 소속사 사장이 아니에요. 연애를 시작해서 가요계에서 도태될 사람들은 이미 추억 속으로 사라지고 없어요. 당신은 그 정도로 가치가 낮은 사람이 아니잖아요?"

"…정말로?"

"네, 당신은 충분히 자유롭게 살 수 있는 사람이에요."

그제야 수려의 표정이 조금 밝아지는 것 같았다.

"헤헤, 뭐 그렇다면…….."

"하지만 남자를 조심해야 해요. 유하 씨처럼 듬직하고 믿음직한 사람이 아니면 안 돼요. 잘 알죠? 이 업계에서 연애라는 것이 얼마나 힘들고 괴로운 것인지 말이에요."

"…알아."

가수나 연예인은 사생활이 자유롭지 못하기에 누구를 만나는 것조차 쉽지가 않다.

특히나 수려처럼 아이돌 출신에 일찍 유명해진 연예인은 연애가 더더욱 어렵다.

유하는 그런 그녀의 어깨를 두드리며 말했다.

"그래도 사람은 사람답게 살아야 해. 숨이 막히면 얘기해. 함께 돌파구를 찾아줄게."

"쳇, 말은 잘 하는군…….."

수려는 묵묵히 밥상에 앉아 식사를 시작했고, 두 커플은 미소를 지으며 그녀를 지켜봤다.

제2장
뻐꾸기 둥지

경찰중앙본청.

이곳에는 경찰청 수뇌부 세 명이 회의실에 모여 앉아 있었다.

수사기획과장 이성준 총경은 수사국장 진석영 경무관과 최필국 차장 앞에서 프레젠테이션을 펼치고 있는데, 그 분위기가 사뭇 무겁기 그지없다.

이성준 총경은 프로젝트에 나온 파워포인트를 한 장씩 넘기며 설명을 시작한다.

"작전명, 뻐꾸기 둥지입니다."

"뻐꾸기라……."

프로젝터에는 태상그룹 조직도와 그 조직원들, 그리고 분파의 보스들이 줄줄이 나열되어 있었다.

이성준은 빨간색 레이저 포인트로 태상그룹 최상위에 있는 채민준을 가리킨다.

"우리 측 프로젝트 팀은 이 채민준의 라인에 숨어들 예정입니다."

"채민준이라? 채민준이면 OK그룹 총괄이사가 아닌가?"

"예, 그렇습니다. 하지만 어려서부터 채민준은 조직 신림의 수뇌부로서 활동했습니다. 지금도 신림 최고의 해결사이자 킬러이고 말입니다."

"흠……."

진석영 경무관은 딱딱하게 굳은 얼굴로 담배를 잡는다.

"그러니까… 이 채민준이라는 놈이 이른바 기업 깡패라는 소리인가?"

"예, 그렇습니다."

"그럼 그 위에 있는 놈은 누구야? 임경필 회장이라는 건가?"

"그럴 가능성도 배제할 수 없습니다."

"이것 참……."

이성준은 채민준의 사진을 바라보며 얘기를 이어나갔다.

"아무튼 이대로 태상그룹을 가만히 내버려 두었다간 우리가 미처 손을 쓸 겨를도 없이 급성장을 거듭하고 말 겁니다. 모두들 아시다시피 태상그룹은 이미 중견기업 이상으로 성장했습니다. 이들이 조직 신림으로 회사를 일으켰던 초반에만 해도 지금처럼 역량이 대단하지는 않았습니다. 하지만 그 후로 10년이 지나는 동안 무려 6개의 조직을 흡수했습니다. 이들 중에는 화교도 있고 일본계 조폭도 있습니다. 지금은 그 세력이 대한민국에서 최고로 일컬을 정도지요."

"그렇군……."

최필국 본청 차장은 담배 입에 문 채 말했다.

"그래서, 뭘 어쩌겠다는 건가? 우리 조직의 힘으로 이들을 밀어버리기라도 하겠다는 건가?"

"아닙니다. 뻐꾸기가 남의 둥지에 자신의 알을 밀어 넣는 것처럼, 우리도 이들의 세계에 파고들어 계보를 바꾸겠다는 겁니다."

"계보를 바꾼다고?"

이성준은 채민준의 약간 오른쪽 위에 있는 이충만을 가리켰다.

"보시는 것처럼 얼마 전까진 이 이충만이라는 놈이 두목으로 군림했습니다. 하지만 지금은 그가 밀려나고 채민준이 다시 회장으로 선출되었습니다. 그러면서 한 세력이 신흥 강자로 급부상했습니다."

"이충만이 밀려났다? 그럼 채민준이 그놈을 아예 꺾어버린 건가?"

"그렇습니다. 하지만 그 과정에서 아주 지대한 공을 세운 놈이 있습니다."

이번에 그는 채민준 왼쪽에 있는 신강남의 사진을 가리켰다.

"요즘 신흥세력으로 급부상하고 있는 강남 파 보스 신강남입니다. 조직에서는 이놈을 전무이사로 미는 것 같더군요."

"강남 파라? 강남 파는 진즉에 도태되어 인천으로 밀려난 것 아니었어?"

"그랬지요. 하지만 이 신강남이라는 놈이 신흥세력으로 급부상하면서 강남 파를 접수했습니다. 그 이후로 4개의 조직을 통합시켰고요."

"그런 일이 있었나?"

이성준은 신강남의 얼굴에 파란색 레이저 포인트를 쏘아 보낸다.

"우리는 이 신강남이를 포섭해서 내통자로 만들 겁니다."

"신강남을?"

"예, 그렇습니다. 지금 신강남과 접촉하기 위해 마약 상인 20명을 포섭시켰습니다. 그들 라인을 통해 뭔가 하나가 걸리겠지요."

최필국과 진석영은 연신 고개를 갸웃거린다.

"이게 과연 가능한 시나리오인가?"

"확신합니다."

"그렇단 말이지……."

확신에 찬 이성준, 최필국은 진석영을 바라보며 질문을 던졌다.

"어때?"

"…시나리오는 좋군요."

"그럼 한번 밀어보는 것도 나쁘지는 않겠군?"

"예, 그렇습니다."

최필국은 이내 자리에서 일어섰다.

"그래, 어디 한번 해봐. 그런데 이 프로젝트가 무너지면 어떻게 할 생각인가?"

"원래 경찰이라는 직업 자체가 목숨 걸고 나쁜 놈 때려잡는 것 아니겠습니까? 잘못되면 제가 총대를 메겠습니다."

"뭐, 그럼 그렇게 해. 하지만 나와 진 국장은 이 프로젝트에 대해 아예 모르는 거다."

"물론입니다."

사사로이 조직을 움직여 프로젝트를 진행했다는 것이 들통 나게 되면 경찰청은 엄청난 타격을 받게 될 것이다.

하지만 누군가 이 프로젝트에 대한 책임을 질 수만 있다면 얘기는 달라진다.

"아무쪼록 몸조심하라고."

"예, 차장님."

이윽고 두 사람은 회의실을 나섰고, 이성준은 자신의 휘하에 있는 부하들을 소집했다.

*   *   *

서울 마포구에 위치한 작은 대폿집.

이곳에 경찰본청 소속 형사 다섯 명이 모여 있었다.

이성준은 뚜껑이 열어진 맥주병의 주둥이를 엄지손가락으로 잡아 세차게 흔들며 말했다.

슈욱, 슈욱, 슈욱!

"한 잔씩 하지?"

"예, 과장님."

맥주병에 찬 이산화탄소가 거품을 일으키며 가득 찰 쯤, 이성준은 주둥이를 막았던 손가락을 떼어내 맥주 줄기를 만들었다.

푸슈우우우욱!

이제 그는 이것을 소주가 담긴 잔에 그대로 쏘아내어 두 주

종이 골고루 섞이도록 했다.

그렇게 만들어진 '소맥' 이 여섯 잔, 이성준은 자신의 것을 포함한 잔을 테이블에 놓고는 건배를 제의했다.

"한 잔 하자고. 건배!"

"예, 과장님."

팅!

잔을 부딪친 형사들은 이성준을 따라서 술을 모두 목구멍 안으로 밀어 넣었다.

꿀꺽, 꿀꺽!

이윽고 술을 다 넘긴 이성준이 형사들에게 말했다.

"내가 말했던 프로젝트에 대해서 긍정적으로 생각한 사람 있나?"

"으음……."

입안에서 쉽사리 나오지 않는 대답을 머금고 입을 오물거리고 있던 형사들, 그중에서 홍일점 김미경 경위가 손을 들었다.

"과장님."

"말해."

"그러니까, 지금 저희들에게 언더커버 임무를 내리시는 겁니까?"

"뭐, 거장하게 말하자면 그렇지. 하지만 그냥 조폭 놀이를 조금 하자는 것뿐이야. 어렵게 생각하지 말고 편하게 생각해."

"흠……."

"언더커버는 호봉이 두 배씩 뛴다. 게다가 일이 끝나면 너희는 아마 1계급씩 특진을 하게 되겠지."

1계급 특진, 경찰들에겐 꿈과도 같은 일이다. 하지만 이 뻐꾸기 둥지 작전 자체가 워낙 위험하기 때문에 잘못하면 죽을 수도 있다.

그렇기에 아무도 쉽사리 이성준의 제안을 받아들일 수가 없었던 것이다.

하지만 김미경은 단박에 그 제안을 수락했다.

"좋습니다. 저는 지원하겠습니다."

"으음, 그래?"

"소신껏 지원하라고 하셨습니다. 그래서 소신껏 지원하겠습니다."

"후후, 좋아. 그런 자세는 아주 좋다."

이제 그는 나머지 4명을 바라보며 묻는다.

"자, 이제 현장에서 구르던 베테랑들만 섭외하면 끝인데… 아직도 마음의 결정을 못했나?"

"…정말 호봉이 두 배 입니까?"

"물론이지. 내가 너희를 앞에 두고 농담이나 할 짬밥이냐?"

"그건 그렇지만……."

"정말로 농담 아니다. 믿어도 좋아."

네 명의 형사들은 전부 경력 10년에서 15년에 이르는 시간을 현장에서 뛴 베테랑 형사들이다.

싸움으로는 어지간한 조폭들 열 명은 거뜬히 해치울 수 있을 정도고, 조직 생활도 아주 빠삭하게 파악하고 있다.

만약 뻐꾸기 둥지를 시작했을 때, 조직에 잠입하는 역할로는 아주 딱이라는 소리였다.

그들은 호봉을 올려준다는 소리에 고개를 끄덕인다.

"좋습니다. 과장님의 제안을 받아들이지요."

"후후, 그래. 이제 네 동기들은 뼈가 빠져라 진급 시험을 준비할 때, 너희들은 집에서 술이나 한 잔 빠는 일만 남은 거야."

"…그랬으면 좋겠군요."

대화를 마무리 지은 이성준이 한 잔씩 술을 더 돌리며 말했다.

"내일부터 당장 작업에 들어간다. 준비들 단단히 하고 있어."

"예, 과장님."

조금은 마뜩잖은 표정의 형사들, 하지만 이성준은 그런 그들이 반드시 프로젝트를 성공리에 끝낼 것이라고 확신했다.

　　　　　*　　　*　　　*

　네 개의 조직을 하나로 통합하여 강남 파를 확장시킨 유하
는 이제 태상그룹 전무이사로 추대되었다.

　태상그룹은 6개 조직과 화교, 일본계 조폭이 섞인 글로벌
조직이다.

　그들은 새롭게 들어온 전무이사 유하를 식구로 받아들이
면서도 조금씩 반감을 표출하고 있었다.

　태상그룹 긴급이사회가 열리는 날, 20명의 이사는 채민준
의 곁에 선 유하를 바라보며 썩 마뜩찮은 표정들을 짓고 있었
다.

　"…새로운 전무님이시군요, 반갑습니다."

　"반갑습니다."

　일제히 고개를 숙이는 이사들, 유하는 살짝 고개를 끄덕여
답한다.

　"반갑다. 신강남이다."

　그러자, 채민준이 낮게 가라앉은 시선으로 말했다.

　"앞으로 신강남은 나를 도와 조직을 크게 키워 나갈 사람
이다. 모두들 진심으로 환영하기 바란다."

　"예, 회장님."

이제 회장으로 추대된 채민준은 가히 최강의 권력을 가졌다고 볼 수 있었는데, 그의 성격상 마음에 들지 않는 사람을 가만히 내버려 둘 리가 없었다.

때문에 이사들은 긴장감이 가득한 눈으로 두 사람을 바라보고 있었다.

"아무튼 오늘은 내가 회장으로 취임하고 난 후에 열린 첫 이사회다. 모두들 정겨운 표정으로 마주했으면 좋겠군."

"여부가 있겠습니까."

이윽고 그는 자리에 앉아 이사회의 첫 안건에 대해 들어본다.

"회장님, 러시아계 마피아들이 접선을 해왔습니다. 신형 마약 10kg을 주면서 거래를 트자고 제안해왔습니다. 어떻게 할까요?"

"러시아라… 품질은 보증이 되어 있나?"

"딜러 20명을 통해 검증했습니다. 품질은 극상품이 확실합니다."

"흐음, 러시아라?"

태상그룹은 이제 슬슬 음지에서 벗어나 양지의 사업을 통합하는 중이었지만 여전히 조직을 떠받치는 것은 지하경제다.

그들은 마약을 유통시켜 만들어낸 재화로 양지의 산업을

키워 나가는 중이었던 것이다.

채민준은 거래의 자세한 조건에 대해 물었다.

"러시아에서 마약을 들여오자면 많은 애로사항이 있을 것이다. 그들이 원하는 것은 무엇인가?"

"기존에 우리가 받고 있는 필로폰의 2/3 가격을 받되, 한국계 사금융 사업에 진출할 수 있도록 도와달라는 겁니다."

"싼 값에 물건을 넘길 테니 사업 파트너가 되어달라는 뜻이군."

"예, 그렇습니다."

지금 그들이 팔고 있는 필로폰은 품질이 조금씩 저하되고 있어 골머리를 앓고 있는 중이다.

더군다나 최근에 풀렸던 최상품 마약이 서서히 자취를 감추면서 마약 수급에 난항을 겪고 있었다.

만약 이런 상황에서 러시아와 거래를 틀 수 있다면 또 다른 돌파구를 찾게 되는 셈이었다.

채민준은 그들의 제안을 수락하기로 한다.

"일단 놈들의 얘기를 다시 한 번 들어보기로 하지."

"약속을 잡을까요?"

"강릉에서 접선하는 것으로 하지."

"예, 알겠습니다."

"날짜는 저들에게 맞춰주도록."

"예, 회장님."

첫 번째 안건이 이렇게 마무리되자 이제 그들은 슬슬 유하에게로 눈을 돌린다.

"그나저나 전무이사님께서 멀쩡한 조직 네 개를 통합하셨다던데, 이유가 궁금하군요."

"뜬금없이 그게 무슨 소리인가?"

"다들 알고 있습니다. 전무님께서 조직을 통합하시는데 그들을 전부 무력으로 굴복시킨 것 말입니다. 덕분에 강남 파의 덩어리는 커졌습니다만, 이 바닥 판도는 서서히 바뀌고 있지요. 저희는 그저 그 진위여부가 궁금한 겁니다. 어째서 태상그룹을 등에 업고도 네 개의 조직을 통합한 것인지 말입니다."

유하는 아주 간단하게 그들의 궁금증을 눌러버린다.

"태상그룹이 있어도 내 조직이 탄탄해야 무슨 일이든 제대로 해먹을 것 아닌가? 그래서 통합했다. 무슨 문제라도?"

"아니요, 딱히 그런 것은 아니고……."

"조직 세계라는 것이 그렇지 않나? 내 역량이 부족하면 무슨 일을 하겠나? 안 그런가?"

"뭐, 그건 그렇지요……."

아마 지금 유하와 맞붙어 조직력으로 승부할 수 있는 이사들은 아무도 없었다.

때문에 유하가 조금 오만하게 태도를 일관한다고 해도 딱히 반기를 들 수 있는 사람은 있을 수 없을 터였다.

하지만 저들이 한꺼번에 반발을 일으키면 조금 부담이 될 수도 있다.

그러나 그렇다고 해서 유하는 저들에게 살갑게 대해줄 생각이 전혀 없었다. 어차피 저들 역시 유하가 모두 굴복시켜 자신의 발아래에 둘 사람들이기 때문이다.

"아무튼 만약 불만 사항이 있다면 뒤에서 호박씨를 까지 말고 앞으로 당당하게 나오도록. 만약 뒤 담화나 씹으면서 내 얼굴에 침을 뱉다가 걸리면 아주 뼈가 저리도록 후회하도록 만들어주겠다."

"……."

유하의 이런 날이 선 태도가 마음에 들었던지, 채민준은 슬그머니 미소를 지었다.

*   *   *

늦은 오후, 유하는 자신의 집무실이 있는 충일빌딩으로 향했다.

유하의 곁에는 유지은과 연지훈이 함께하고 있는데, 연지훈은 운전대를 잡은 채로 유하에게 물었다.

"저, 보스."

"말하게."

"러시아에서 거래를 트려는 놈들 말입니다. 뒤를 좀 캐보는 것이 어떨까요?"

"뒤를 캐? 어째서 그렇지?"

"놈들의 자금력이면 직접 한국 시장을 뚫고도 남을 겁니다. 그런데 어째서 우리에게 얹어서 시장에 진입하려는 것일까요?"

"흠, 그러니까 너는 그놈들이 썩 못미덥다는 건가?"

"예, 보스."

유하는 그에게 자신이 조직을 운영하고 있는 이념을 다시 한 번 각인시켜줬다.

"어차피 우리는 조직을 들어먹을 것이다. 만약 놈들이 사고를 쳐줘서 놈들의 입지가 줄어들면 우리야 환영이지."

"하지만 그렇게 했다가 러시아 마피아와 엮이면 일이 좀 복잡해질 텐데요?"

"괜찮아. 여차하면 놈들까지 싹 쓸어버리지 뭐."

"……!"

러시아계 마피아는 세계에서 가장 위험한 세력으로 알려져 있지만, 그들 역시 유하에겐 그저 사냥감에 불과하다.

그는 만약 러시아 마피아와 엮여도 충분히 투쟁하겠다는

생각을 가지고 있었다.

"명심해라. 나는 놈들과 같은 부류가 아니다. 이해관계를 위해 잠시 이곳에 있는 것뿐이지, 진짜 건달은 아니야. 놈들의 조직이 잘못된다고 해도 난 크게 상관이 없다는 소리야."

"예, 알겠습니다."

말을 맺고 난 후, 유하는 충일빌딩 앞에 도착했다.

그때, 그런 그에게 한 사내가 터덜터덜 걸어와 말을 걸었다.

"이보시오, 신강남 씨."

"무슨 일이오?"

"잠시 함께 가주셨으면 좋겠는데……."

그는 주머니에서 신분증을 꺼냈는데, 그 신분증에는 경찰 본청의 직인이 찍혀 있었다.

순간, 유지은이 날이 선 태도로 그들을 막아선다.

"잠깐, 무슨 일인데 경찰이 영장도 없이 대표님을 잡아간단 말입니까?"

"아아, 잡아가는 것 아닙니다. 그냥 얘기 좀 하자는 것이죠."

"그런 얘기라면 우리 변호사와 하시죠. 대표님이 워낙 공사다망해서 말입니다."

"이런… 그런 법적인 얘기가 아닌데… 그냥 우리 과장님께서 얼굴 좀 보고 싶어 하실 뿐입니다."

"그러니까 그런 얘기는……."

유하는 그들의 제안을 물리는 그녀를 만류한다.

"잠깐, 내가 얘기하지."

"보스?"

"갑시다. 어딘지는 몰라도 얘기 좀 한다고 내가 어떻게 되기야 하겠어?"

"맞습니다. 그냥 잠깐 얼굴 좀 보자는 겁니다. 무슨 일 벌어지지는 않을 겁니다."

이윽고 유하는 그들을 뒤따르기로 했다.

"잠시 이곳에 있어라. 다녀오겠다."

"하, 하지만……."

"경찰이라고 죄가 없는 사람을 억지로 가둘 수는 없다. 잘 알잖아?"

"뭐, 그렇긴 하지만……."

"아무튼 볼일이 끝나면 전화하지. 다들 회사에 들어가 있어."

"예, 알겠습니다."

이내 유하는 그들과 함께 차를 타고 이동했다.

* * *

형사들이 유하를 데리고 온 곳은 신림동의 한 허름한 지하실이었는데, 이곳에는 이성준 과장이 자리하고 있었다.

　이성준은 유하가 도착하자마자 자리에서 슬그머니 일어나 악수를 청한다.

　"신강남이?"

　"저를 아십니까?"

　"너희 같은 조폭들이야 내가 아주 잘 알지."

　"…그렇군요."

　이윽고 악수를 나눈 두 사람은 자리에 앉아 본격적으로 얘기를 시작한다.

　"그나저나 대단하군. 단숨에 네 개 조직 통합이라, 누가 상상이나 했겠어?"

　"칭찬 고맙군요."

　"그런데 그 정도로 야심을 다 채울 수 있겠어?"

　"무슨 말이 하고 싶은 겁니까?"

　그는 유하에게 서류뭉치를 건네며 말했다.

　"적어도 태상그룹 회장 정도는 되어야 성에 차지 않겠어?"

　"……?"

　유하는 서류뭉치를 열어보았고, 그 안의 내용을 천천히 살펴보았다.

예금주 채민준 거래내역 : 2015년 5월—

서류에는 채민준이 조직을 운영하면서 유동시켰던 자금들과 그에 관련된 서류들이 들어 있었다.

그리고 지금까지 태상그룹이 OK그룹의 돈세탁에 관련되었다는 사실이 전부 다 나열되어 있었다.

유하는 이 서류를 받곤 크게 놀라지 않을 수 없었다.

"…이게 다 뭡니까? 어떻게 남의 사생활을 캘 수 있습니까?"

"우리는 경찰이야. 우리가 하는 일이 뭔가? 너희가 사고치고 다니는 것 수습하는 일이야. 그 수습은 대부분 검거나 구속이지."

그는 유하에게 담배를 한 대 권하며 말했다.

"자, 어때? 우리와 함께 조직을 통째로 들어먹는 것이?"

순간, 유하는 고개를 갸웃거린다.

"뭘 어째요? 뭘 들어먹어요?"

"태상그룹 말이다. 네가 조직에 들어간 것도 그런 이유 때문 아니야?"

"……."

이성준은 유하에게 불을 붙여주며 물었다.

치익, 치익―!

"내가 불을 붙여주면 너는 그냥 빨아 마시면 되는 거야. 어려울 것 없어. 그저 내가 시키는 대로만 움직이면 네가 태상 그룹의 회장이 되는 거다."

"…나에게 이런 제안을 하는 이유가 뭡니까?"

"네가 이 일에 딱 제격이거든. 잘 생각해 봐. 단숨에 네 개 조직을 통합시켰다는 것, 이것만큼 야망이 크다는 증거가 또 있겠어?"

"흠…….."

"야망이 큰 놈이 보스도 갈아 치울 수 있는 거야. 안 그래?"

유하는 그의 불을 받으면서 그의 의중을 묻는다.

"좋습니다. 내가 조직을 접수한다고 칩시다. 그럼 당신들이 얻는 것은 뭡니까?"

"얻는 것? 없어. 그냥 너희들 관리하게 좋도록 우리가 조금 신경을 쓸 수 있다는 것뿐?"

"그러니까… 당신들 마음대로 우리 조직을 쥐락펴락하겠다는 것이군요?"

"뭐, 그렇게까지 폄하해서 받아들일 것은 없고."

가만히 이성준의 얘기를 듣던 유하가 실소를 흘린다.

"후후, 살다보니 별의별 일이 다 있군. 경찰이 공조요청을 다 하다니 말이야."

"인생 뭐 있나? 기회가 있을 때 잡는 것이지."

유하는 이내 자리에서 일어선다.

"당장 답해드려야 하는 것 아니죠?"

"그래, 천천히 생각해."

"좋습니다. 그럼 다음 주까지 답변을 드리도록 하죠."

"가능하면 빨리 답하는 것이 좋아. 다른 놈들을 물망에 올릴 수도 있거든."

"알겠습니다."

유하는 이것이 과연 기회인지 아닌지 알 수가 없어 고개를 갸웃거렸다.

하지만 한 가지 확실한 것은 그에게 새로운 조력자가 나타났다는 것이었다.

제3장
언더커버 I

강릉 주문진의 한 횟집.

태상그룹 채민준은 러시아 마피아 베로니스의 보스 리바노프가 함께 앉아 있었다.

리바노프는 채민준의 잔에 러시아 전통주의 한 종인 보드카를 가득 채웠다.

쪼르르르—

"원래는 샤슬릭과 함께 마셔야 제맛이지만, 생선회와도 꽤 조합이 괜찮더군. 한 잔 하시오."

"고맙소."

두 사람은 잔 위를 살짝 흘러내릴 듯, 아슬아슬하게 채워진 술잔을 단숨에 넘긴다.

꿀꺽! 꿀꺽!

"크흐! 좋군!"

"최상품이오, 어떻소?"

"정말 좋군!"

그리곤 이내 잔을 바닥에 내려놓은 채민준이 리바노프에게 물었다.

"그나저나 한국에 사금융 사업을 펼치겠다니, 연유가 무엇이오?"

"돈이 있는 곳에 장사꾼이 있는 법. 특별한 연유는 없소."

"흐음, 그렇군."

"만약 당신들이 우리를 도와준다면 평생 후회 없는 선택을 했다는 생각이 들 것이오. 내, 장담하리다."

"뭐, 당신이 제안한 조건이라면 그러고도 남겠지."

"하지만 뭔가 걸리는 것이 있는 모양이오?"

"이 바닥도 엄연히 상도덕이라는 것이 있어서 말이오. 우리가 지금 당신들에게 지분을 내어주면 일본계 조폭들이 가만히 있지 않을 것이오. 그들은 한국에 가장 먼저 손을 뻗었지만 우리 신림에 의해서 숙청이 되었거든. 그래서 우리의 휘하로 지분을 넣어주는 의미로 분파를 만들었소. 한마디로 그들은 스스로 우리의 슬하로 자식들을 보낸 것이오."

"이를 테면 데릴사위 같은 느낌이군?"

"그래, 그렇게 생각하면 쉬울 것이오."

"흠, 그런 사정이……."

태상그룹은 일본 야쿠자 시나노회의 분파이자 자신들의 자조직인 시나노 파에게 한국 사금융 시장의 지분을 일부 내어주었다.

이 사금융 시장의 지분이라는 것이 무엇이냐면, 일정 영역까지 사업을 확장할 수 있도록 해주는 일련의 자릿세 같은 것이다.

지금 태상그룹은 대한민국에서 가장 큰 세력을 보유하고 있기 때문에 서울과 경기 지역은 거의 대부분 이들이 장악하고 있다고 해도 과언이 아니다.

그런 상태에서 수도권으로 파고들어야 하는 작은 점조직들은 대부분 지방으로 튕겨져 나갈 수밖에 없다.

때문에 이들은 모두 태상그룹에게 일정한 지분을 받아 장사를 하는 것이다.

이 지분의 중요성은 거의 대부분의 조직에게 피력되는데, 사금융 시장의 한계성이 지방이라는 지역을 벗어나지 못하면 거의 다 망한다는 점 때문이었다.

이를테면, 대전이라는 한 지역에서 개인이 사채를 돌려봐야 1년에 1억을 벌기도 힘들다.

하지만 서울 강남권이나 인천 경기 지역에서 사채를 돌리면 이것에 대략 10~20배의 돈을 벌 수 있다.

개인이 이 정도 돈을 버는데, 중소기업 규모의 조직들이 사채를 돌린다면 그 금액은 더더욱 높아질 수밖에 없다.

이런 이유에서 조직들은 무리해서라도 태상그룹에게 지분을 하사받기를 원하는 것이다.

그런 상황에서 러시아 마피아가 한국 시장에 들어오는 것을 태상그룹이 무작정 허가해 준다면 분명 반발이 일어날 것이 뻔했다.

하지만 그런 반발들도 단박에 제압할 수 있을 정도로 신림의 저력은 대단한 것이었다.

채민준은 자신의 능력으로도 충분히 상황을 정리할 수 있음에도 불구하고 일부러 한 발자국 물러나는 척한 것이다.

리바노프는 그런 상황을 잘 알고 있다는 듯, 그에게 슬그머니 뇌물을 건넸다.

"뭐, 그런 사정이 있었다니… 당신이 조금 더 힘을 써주셔야겠군요."

그는 러시아 정부에서 발행한 1996년도 발 채권을 가득 담은 은색 수트케이스를 내밀었다.

그러자, 채민준은 짐짓 고민되는 표정을 지었다.

"흐음, 그럴 필요까진 없는데……."

"좋은 게 좋은 것이라는 말도 있잖소? 함께 잘 먹고 잘살아 봅시다."

"뭐, 정 그렇다면야……."

채민준은 못 이기는 척 뇌물을 받았고, 이내 전화기를 들었다.

"강남권에 사채를 돌릴 수 있도록 기반시설을 닦아놓을 수 있도록."

―예, 회장님.

이윽고 리바노프는 미소를 지으며 술잔을 높이 든다.

"하하, 역시 화끈한 사내군! 내가 사람 보는 눈이 있다니까!"

"별것 아니오. 우리가 함께할 미래를 생각하면 말이오."

"좋소, 좋소! 그럼 한 잔 하실까?"

"건배!"

이로서 채민준은 자신이 챙길 수 있는 최대한의 이득을 취하며 계약을 성사시켰다.

아마 이 정도의 조건이라면 지분을 얼마든지 챙겨주어도 전혀 손색이 없을 정도였다.

'봉이 통으로 굴러들어 왔군.'

채민준은 마음껏 술잔을 넘겼다.

*　　　*　　　*

　이른 아침, 태상그룹에서 사장단 회의가 열렸다.

　오늘은 러시아산 마약을 과연 어떻게 들여오며, 이것을 얼마나 효과적으로 유통시키는가에 대한 안건으로 회의가 진행될 예정이었다.

　하지만 그전에 채민준은 사장단 20명에게 간단한 조식과 함께 담배를 한 대 피울 것을 권유했다.

　애연가로 유명한 채민준은 술 대신 이렇게 담배를 물고 담화하는 것을 즐기곤 했기 때문이다.

　조식을 마치고 네모난 테이블에 둘러앉은 사장단에게 채민준이 말했다.

　"요즘 계열사 영업 실적이 꽤 부진한 것 같더군. 모두들 어떻게 생각하나?"

　"면목 없습니다! 하지만 저희들도 그만한 사정이 있었습니다."

　"사정?"

　"조직이 엎치락뒤치락 하는 바람에 우리들의 세력이 많이 약해져 있습니다. 지금 이대로라면 전국 탑을 지키는 것조차 버거울 판입니다."

"전란으로 인해 회사가 피폐해진 것이군?"

"그렇게 이해해 주시면 감사하겠습니다."

채민준은 말이 끝나자마자 사장단에게 은색 수트케이스를 하나씩 건넸다.

"받아."

"이게 뭡니까?"

"당분간 회사가 재력을 회복하는데 사용할 자금이다. 러시아 마약상에게 받은 것을 골고루 나눈 것이다. 아마 당분간 회사를 굴리는데 부족함은 없을 거야."

사장단은 러시아산 채권을 받아들곤 이내 환하게 미소를 지었다.

"감사합니다! 회장님의 은혜 덕분에 회사가 이제 정상적으로 가동될 것 같습니다!"

"하지만 대신 조건이 하나 있다."

"말씀만 해주십시오! 머리가 깨지는 한이 있더라도 지키겠습니다!"

"그것을 한 달 내로 열 배 이상 불려서 가지고 와라."

순간, 호기롭게 대답했던 사장단의 얼굴이 잿빛으로 변한다.

"그, 그게 무슨······."

"이것도 엄연히 사채다. 본사에서 돈을 대출했으면 그에

합당한 값을 치러야지."

"하, 하지만……."

"만약 이 돈을 받고도 회사가 열 배 이상의 재회를 만들어 내지 못한다면 그 계열사는 매각하는 편이 낫다. 또한, 그 계열사의 사장들 역시 살아 있을 필요가 없고."

"……."

채민준은 자신의 비자금이나 다름이 없는 무기명채권을 그들에게 나누어주면서 고육지책으로 목숨을 빼앗겠다고 협박을 하고 있는 셈이다.

요즘 들어 태상그룹의 영업 실적이 거의 바닥을 치고 있었기 때문에 그가 내린 결단이었다.

어찌 보면 채민준으로선 OK그룹에 들어가는 비자금을 조달하기 위해 채찍을 쓰는 것이 당연했지만, 사장단의 입장은 그게 아니었다.

도대체 어떤 회사가 그렇게 단기간에 엄청난 영업 실적을 낼 수 있단 말인가?

하지만 이들은 지금 그런 것을 따질 저지가 아니었다.

"할 것인가 말 것인가?"

"물론 최선을 다해 회장님의 뜻에 따르겠습니다!"

"그래? 다행이군. 나는 자네들이 혹시라도 나의 뜻에 반하여 반항이라도 하면 어쩌나 하고 고민했거든."

"그럴 리가 있겠습니까?! 은혜를 베풀어주셨으면 갚는 것이 인지상정이지요."

"후후, 뭘 좀 아는군. 이래서 사장단이 좋단 말이야."

"감사합니다!"

상황이 어떻게 되었든 간에 사장단은 그의 비위를 최대한 맞춰 그나마 말미를 벌어보는 수밖에 없다.

*   *   *

늦은 밤.

유하는 상암동의 한 포장마차에서 술을 마시고 있었다.

꿀꺽!

"크흠……."

소주를 한 컵 들이부운 그는 왼쪽을 돌아봤다.

그곳에는 유지은이 앉아 있었는데, 그녀는 아까부터 짐짓 심각한 표정을 짓고 있었다.

유하는 그런 그녀에게 미소를 머금은 채 물었다.

"뭐가 그렇게 심각한가? 내가 조직을 들어먹으면 네게도 좋은 것 아닌가?"

"그렇긴 하지만……."

"잘못되면 다 죽으니까?"

"그게 가장 큰 문제지. 네가 짊어지고 있는 사람들의 목숨이 도대체 몇 개인 줄 알아?"

"뭐, 그런 그렇지. 하지만 이보다 더 좋은 기회가 또 있을까?"

"흠……."

사실, 유하가 이대로 고군분투하여 조직을 온전히 장악한다면 1년이 걸릴지, 아니면 10년이 걸릴지 아무도 알 수가 없다.

제 아무리 초인에 가까운 유하라곤 하지만 그룹 하나를 흡수하는 것이 그리 쉬운 일이 아니기 때문이다.

하지만 경찰이 그를 돕는다면 충분히 승산이 있는 게임이 될 것이다.

그러나 그녀는 이 엄청난 도박에 쉽사리 손을 댈 수 없었다.

"다 죽는다고… 잘못하면."

"알아. 하지만 보스는 때론 무리한 결정을 내릴 때도 있는 법이다. 그게 리더라는 자리가 주는 무게야."

"……."

이윽고 그들의 앞에 한 여자가 모습을 드러냈다.

"여기 계셨군요."

"왔습니까?"

포장마차의 문을 열고 등장한 여자는 바로 정미주, 유하에겐 참모와도 같은 여자다.

그런 그녀를 바라보며 유지은이 고개를 갸웃거린다.

"누구야?"

"유비에게 제갈량이 있었다면 나에겐 정미주 씨가 있지."

"…뭐, 그렇게까지야……."

유지은은 늘씬하게 잘 빠진 그녀를 바라보며 인상을 찌푸린다.

"공사에 애인을 끌어들여? 꽃뱀이라도 쓰려는 건가?"

"꽃뱀은 무슨, 그녀가 동원할 수 있는 정보력은 상상을 초월한다. 애초에 내가 이곳까지 올 수 있었던 것도 다 그녀의 덕이 있었기 때문이지."

정미주는 고개를 돌려 유지은에게 악수를 건넸다.

"정미주라고 합니다. 말씀 많이 들었어요."

"…유지은. 그런데 이런 여자가 우리에게 무슨 도움이 된다는 거지?"

그녀를 무시하는 듯한 유지은의 태도, 하지만 정미주는 눈 하나 깜짝하지 않는다.

"이런 여자가 당신보다는 훨씬 쓸모가 많을 겁니다. 내가 장담하지요."

"오만한 여자군……."

"당신이야말로?"

두 사람 간의 신경전, 유하는 이런 상황을 미리 예견했다는 듯이 고개를 가로저었다.

"…그래, 둘 다 한 성격 하니 충돌은 피할 수 없는 문제겠지. 하지만 기왕지사 일이 이렇게 된 김에 서로 의기투합하는 것은 어때?"

"……."

유하는 이건 작전에 대한 얘기를 그녀에게 전해 주었고, 그녀는 자신이 동원할 수 있는 인맥을 총동원하여 경찰청의 작전 개요를 파악하도록 했다.

하지만 그녀와 유지은이 이렇게 불꽃 튀는 신경전을 계속한다면 머리만 아파질 것이 뻔했다.

허나, 유지은보다 정미주는 훨씬 더 이성적인 여자였다.

"저번에 우리가 고용했던 해커를 기억합니까?"

"아아, 당신이 한 번 호되게 당했던 그 사람 말입니까?"

"…그래요, 그 남자. 이번 일을 그 남자에게 부탁해 두었어요."

"무슨 부탁 말입니까?"

"경찰청 데이터베이스를 뚫어달라고 부탁했어요."

순간, 유하가 고개를 갸웃거린다.

"경찰청 데이터베이스를 뚫어달라고 했다고요?! 그게 가능합니까?"

"국세청도 뚫는 사람들이 바로 해커입니다. 그의 인맥을 동원해서 어떻게 될 것 같다고 하더군요."

"흐음……."

"우리가 경찰청 데이터베이스를 확보하게 된다면 이번 작전이 얼마나 신빙성 있는 것인지 파악할 수 있겠지요."

그녀는 유하에게 전화번호를 하나 건넸다.

"그가 당신을 기다리고 있어요. 내일 아침이 밝는 대로 한번 만나 봐요. 좋은 일이 있을 거예요."

"알겠습니다. 그렇게 하지요."

"아참, 그리고 당신이 말했던 그 마피아들 말이에요."

"리바노프 말입니까?"

"네, 그 리바노프요. 내가 알아보니 그놈, 아무래도 진짜배기 마피아가 아닌 것 같아요."

"그게 무슨 말입니까?"

"내가 보기엔 그놈들은 러시아에서 활동하는 무명 배우들 같아요. 경찰에서 심어놓은 스파이가 아닌가 싶다는 거죠."

"그에 대한 근거는요?"

"제가 한때 한국계 러시아 마피아의 자금줄을 관리해 주었던 적이 있습니다. 그들의 자금으로 한탕 작전을 해먹기도 했고요. 그때 알고 지냈던 보스에게 물어봤더니, 러시아 마피아

중에 그런 이름을 가진 사람은 없다더군요."

"흐음⋯⋯."

"아마 채민준이라는 사람도 그 사실을 조만간 알아챌 겁니다. 그렇게 되면 작전은 말짱 도루묵이 될 수도 있죠."

"멍청한 놈들⋯ 왜 그런 작전을 짠 것일까요?"

"당신을 벼랑 끝으로 내몰아 상황을 극적으로 만들겠다는 시나리오겠죠."

"그러니까, 내가 궁여지책으로 일을 처리하도록 기다리는 것이군요?"

"그렇다고 볼 수 있죠."

"⋯무식한 놈들이군."

"하지만 우리가 한 발자국 더 발 빠르게 대처한다면 상황은 달라질 수도 있어요."

"어떻게 말입니까?"

"그들이 원하는 대로 빨리 판을 엎어버려요. 채민준을 구치소로 보내버리는 거죠."

채민준이 굳이 감옥에서 옥살이를 하지 않아도 그가 당분간 모습을 드러내지만 않는다면 유하에겐 기회가 생기는 셈이다.

그녀는 이 기회를 놓치지 말자고 제안하는 것이었다.

"그가 없어지면 기회는 충분한 것이겠죠?"

"물론입니다."

유하는 그녀의 말을 듣고 결심했다.

"좋습니다. 합시다."

"채민준을 보내버리는 건가요?"

"그와 동시에 조직을 한꺼번에 쓸어버리는 거죠."

두 여자는 함께 고개를 끄덕인다.

"좋아요. 합시다."

"그래, 까짓것. 죽기밖에 더하겠어?"

세 사람은 이곳에서 극적인 의사 타결에 들어갔다.

*   *   *

이른 새벽, 유하는 해커 이재정과 함께 편의점 한 끼 식사를 했다.

"후루루룩!"

"라면과 김밥이라, 한때 내가 즐겼던 조합이군요."

"그런가요?"

이재정은 거추장스러운 것을 상당히 싫어하는 사람이기 때문에 정형화된 식사는 잘 하지 않았다.

그래서 그는 항상 피골이 상접한 몰골로 돌아다닐 수밖에 없는 것이다.

그는 라면에 김밥, 그리고 거기에 어울릴 만한 소주를 한 잔 들이켰다.

꿀꺽!

"흐음, 좋군요!"

"나도 한 잔 줘요."

"그래요. 혼자 마시는 것보다는 둘이 낫죠."

유하는 그를 따라서 술을 한 잔 넘긴 후, 그에게 말했다.

"그나저나 경찰청 데이터베이스는 어떻게 뚫은 겁니까?"

"전해 듣지 않았습니까? 내 인맥들이 함께 그곳을 뚫었다고요."

"흐음, 그렇군요. 대단한 인맥을 두었군요?"

"원래 이 바닥에서 이름 좀 날리려면 이 정도 실력은 있어야죠."

유하는 그에게서 경찰청 데이터베이스에서 얻은 이성준과 그 휘하의 언더커버 형사들의 프로필을 건네받았다.

"언더커버는 총 다섯 명이네요. 그중에 한 명은 경위, 나머지는 경장과 경사고요."

"흐음……."

"현장에서 잔뼈가 굵은 사람이더라고요. 이 정도 사람들이라면 충분히 조직을 뒤흔들 수 있을 것도 같아요."

"정말로 작정하고 조직을 바꿔 먹으려는 심산이군……."

"위험하다면 위험하지만, 제 생각에는 이 사람들을 믿어보는 편이 좋을 것 같아요."

"그래요, 확실히 그렇군요."

유하는 이 자료들을 잘 갈무리하곤 그에게 말했다.

"이재정 씨, 혹시 취직할 생각 없어요?"

"취직?"

"우리 회사에 앞으로 정보를 담당할 부서를 설립할 겁니다. 그 부서는 아무런 간섭도 없고 아무런 제한도 없는 생활을 하게 됩니다. 그저 회사에 소속되어 안정된 수입을 보장받고 해킹에 대한 인센티브를 받게 되지요. 어때요?"

"흐음……."

"부담스러우면 참여하지 않아도 됩니다만, 당신과 당신의 친구들에겐 좋은 기회가 될 것 같은데 말이죠."

그는 가만히 유하를 바라보다 이내 고개를 끄덕인다.

"좋습니다. 당신과 함께하도록 할게요."

"그럼 저의 제안을 받아들인 것으로 생각하고 내일부터 부서 창립을 추진하겠습니다."

"그렇게 해주세요."

이윽고 유하는 그가 선뜻 자신에게 몸을 의탁하는 것에 대해 물었다.

"한 가지만 물읍시다."

"뭔데요?"

"당신처럼 사람을 잘 못 믿는 사람이 나에게 힘을 실어주는 이유가 궁금하군요."

"…그냥 비빌 언덕을 찾고 싶어서요."

"그렇군요."

유하는 더 이상 그에게 아무런 말도 하지 않았다.

앞으로 유하가 이끌 조직에는 각종 범죄자들이 모여 있을 테지만, 그들의 과거를 캐물을 사람은 아무도 없을 것이다.

어쩌면 그는 유하의 그런 포용력을 믿고 있는 것인지도 모른다.

"아무튼 다음 주 안으론 부서창립을 마치겠습니다. 그때부터는 사원 카드를 항상 소지하고 다니길 바랍니다. 급여 통장도 하나 만들고요."

"네, 그렇게 하겠습니다."

두 사람은 남은 라면과 소주를 마저 비워냈다.

*　　*　　*

다음날, 유하는 이성준과 두 번째 접촉을 가졌다.

인천의 한 당구장에서 만난 두 사람은 4구를 치면서 대화를 이어나가고 있는 중이다.

따악!

흰색 공으로 빨간색 공 두 개를 연달아 맞추는 게임인 4구는 대한민국 남자라면 한 번쯤 즐겨보았을 스포츠다.

두 사람은 거의 엇비슷한 실력으로 점수를 벌어나가고 있는 중이다.

이번 턴은 유하가 공을 칠 차례, 이성준은 초크로 자신의 당구 큐대를 문지르며 말했다.

"내 조건에 대해선 수락한 것이라고 봐도 되겠지?"

"뭐, 그렇게 생각하셔도 좋습니다."

"후후, 그래. 나는 처음부터 네가 야심이 있는 건달이라고 생각했어. 그렇지 않았다면 일이 이렇게 커지지도 않았겠지."

유하는 그에게 다음 단계는 어떻게 되는지 알아본다.

"이제 어떻게 조직을 접수하실 겁니까?"

"그건 나보다 네가 더 잘 알 텐데? 한 조직을 접수하자면 전쟁은 필수다."

"그러니까, 내가 전쟁을 일으켜서 조직을 접수하는 것이다?"

"뭐, 그런 셈이지."

"내가 가지고 있는 전력으로는 태상그룹을 모두 장악하긴 힘듭니다만?"

"그래서 내가 너를 선택한 것 아닌가? 최소한의 전력으로 거대한 조직을 통합한다, 그렇게 되면 앞으로 네가 조직을 이끌어 나가기가 좀 더 수월하지 않겠어?"

"흠……."

그는 유하에게 두 장의 사진을 건넸다.

"이놈들을 엮어서 서로 전쟁이 발발하도록 조장할 것이다. 잘 알지? 북서 파의 이재민과 시나노 파의 하유진이다. 이놈들을 이간질시켜 전쟁이 발발하도록 하면 어떨까? 그렇게 되면 채민준도 가만히 있지는 않을 것 같은데."

북서 파 이재민은 지금 채민준의 왼팔이라고 할 수 있는 사람이고, 하유진은 스스로 자신의 분파를 채민준에게 받친 인물이었다.

두 사람은 매일 틈만 나면 싸움질을 벌였고, 두 조직은 피가 마를 날이 없었다.

그렇게 사이가 좋지 않은 두 조직이지만 만약 채민준과 불화가 일어나 목숨에 위협을 느낀다면 충분히 칼을 뽑아들 것이었다.

유하는 그의 말대로 움직이기로 했다.

"좋습니다. 한 번 해보도록 하지요."

"후후, 죽을 수도 있는 배팅에 모든 것을 걸겠다?"

"어차피 인생은 도박입니다."

"그래, 그래. 인생은 원래 그런 것이지."

이윽고 이성준은 당구대 위에 큐대를 올려놓고 돌아선다.

"조만간 검찰과 접촉하여 영장을 발부받을 것이다. 그 이후엔 내 언더커버 요원들을 네 조직에 잠입시킬 수 있도록."

"알겠습니다."

유하는 이성준이 돌아서 나간 당구장에 남아 혼자 게임을 마무리했다.

* * *

늦은 밤, 이성준은 한강 둔치에 나왔다.

쏴아아아아―!

다소 쌀쌀한 바람을 맞으며 서 있던 그에게로 한 사내가 다가와 말을 걸었다.

"일찍 나왔군요."

"오셨습니까? 영감님."

"오랜만이지요?"

사내는 나이가 지긋한 중년으로, 아주 깔끔한 검은색 정장을 입고 있었다.

이성준은 그런 그에게 파일을 하나 건넸다.

"제가 말했던 뻐꾸기 둥지 프로젝트에 관한 자료입니다.

한 번 읽어보시죠."

"그래요, 알겠어요."

중년인은 파일을 받아 그 내용을 읽어보다가 불현듯 고개를 돌려 이성준을 바라본다.

"…이게 지금 어디까지 진행된 사항입니까?"

"이미 보스로 내정할 사람을 섭외했습니다. 그리고 그는 충분히 조직을 뒤엎을 만한 힘을 가지고 있고요. 영감님께서 밀어주신다면 제대로 사고 한번 쳐보겠습니다."

영감이라고 불린 사내, 이 중년남성이 바로 서울중앙지방검찰청을 이끌고 있는 천만수 청장이다.

천만수 중앙지방검찰청장은 특이하게도 경찰에서 사법고시를 패스해서 검사로 넘어온 케이스다.

경찰 출신 검사답게 그는 굵직굵직한 강력사범들을 스스로 검거해냈고, 지금은 중앙지방검찰청장에 앉아 있었다.

그는 수많은 사건을 진행하면서 이성준과 긴밀한 사이가 되었는데, 이것은 그가 얼마나 오픈마인드의 수뇌부인지 알려주는 단적인 예다.

천만수는 지금 휘하의 검사들 말고도 경찰들과도 자주 접촉하면서 사건을 원만하게 해결하고 있다.

그는 얼마 전, 이성준의 부탁을 받고 만나기로 했고 지금 이 파일들을 받아본 것이다.

가만히 프로젝트 파일을 바라보던 천만수가 슬그머니 미소를 지었다.

"시나리오는 좋군요."

"이대로 진행을 할 수만 있다면 건달들이 더 이상 기업을 일굴 수 없도록 할 수 있습니다."

천만수는 확신에 찬 그에게 아주 짧고도 강렬한 한 마디를 남긴다.

"좋아요. 내가 도와주지요."

"정말이십니까?!"

"하지만 조건이 하나 있습니다."

"말씀하십시오."

"다 좋은데 OK그룹은 건드리지 맙시다."

순간, 이성준은 화들짝 놀라 되묻는다.

"청장님께서 어떻게 OK그룹에 대한 것을……."

"나는 서울을 아우르는 검찰입니다. 그 정도 정보쯤은 이미 입수해두었어요."

"하지만 어째서……."

"이 세상에는 건드리지 말아야 할 대상이 있어요. 필요악이라는 말 알죠? OK그룹이 딱 그런 곳입니다."

"그렇지만 놈들은 범죄자입니다!"

"알아요. 범죄자인 것. 하지만 정부에서 그들을 제거하도록 가만히 내버려 둘까요? OK그룹이 지금 재계에 끼치고 있는 영향력은 상상을 초월합니다. 아마 그들을 건드리면 청와대에서 우리를 쥐도 새도 모르게 없애버릴 수도 있어요."

"영감님……!"

"이 총경이 얼마나 범죄자들을 싫어하는 지 잘 압니다. 하지만 어쩌겠어요? 그들이 사라지면 그 공백을 메울 사람도 없어지는 건데……."

"이런……!"

천만수는 그의 어깨를 두드리며 말했다.

"뻐꾸기 둥지, 그것을 OK그룹에도 똑같이 할 수 있다면 하세요. 하지만 그것을 완벽하게 해낼 자신이 없다면 그냥 태상그룹을 무너뜨리는 것으로 만족하는 편이 좋아요."

"…대역을 만들 수 없다면 시도하지 마라, 뭐, 그런 겁니까?"

"역시 머리 하나는 잘 돌아가네요."

이윽고 천만수는 그에게 서류를 한 장 건넸다.

"내가 힘을 좀 썼어요. 법원에서 오늘 발부받은 겁니다. 이대로 확 밀어버린다면 아무리 놈이라도 한풀 꺾이고 말겠죠."

"…아무튼 감사합니다! 이놈이라도 감옥에 보내야 제가 두 발 뻗고 잘 수 있을 겁니다."

"후후, 그래요."

"하지만 임경필을 감옥에 보내면 두 팔까지 쭉 뻗고 잘 수 있을 것 같습니다."

"언젠가는 그런 날이 오기를 기도해 보자고요."

이윽고 천만수는 이성준을 뒤로 했다.

*   *   *

법원에서 체포영장이 발부되어 이성준의 손에 들어갈 즈음, 유하는 조직 내에 첩자를 심는 일을 직접 해내고 있었다.

그는 고향 목포에서 데리고 왔다며 네 명의 경찰을 군소조직의 보스로 둔갑시켰다.

형사들은 목포 갈치, 박도, 제비, 화투라는 별명으로 위장해 조직 신림과의 대면식을 갖기로 했다.

유하는 태상그룹의 모든 구성원이 모인 자리에서 자신의 수족으로 둔갑한 네 명의 형사들을 차례대로 소개했다.

"지금 보이는 이 사람이 바로 목포 갈치다. 아는 사람은 다 알겠지만, 칼잡이로 유명하지."

"으음, 저 사람이 바로……"

목포 갈치는 이미 유하가 독사파를 요절낼 때 조직을 떠난 사람이었다.

하지만 아직까지 그의 명성은 전국적으로 자자했기 때문에 갈치라는 이름을 빌린다면 신뢰를 얻을 수 있을 터였다.

이어서 유하는 광주의 박도, 무안의 제비, 그리고 목포의 화투까지 전부 소개했다.

이들은 모두 전국적으로 이름이 꽤 많이 알려져 있었지만 얼굴은 그다지 자세히 알려지지 않았다.

때문에 유하가 그들을 소개했을 때에도 신림의 모든 건달은 그러려니 하며 고개를 끄덕일 수밖에 없었던 것이다.

유하는 이들에게 제대로 된 칼자루를 쥐어주기로 했다.

"회장님, 이 사람들을 제 곁에 두고 쓰고 싶습니다. 허락해 주십시오!"

모든 이들이 보는 앞에서 채민준에게 허리를 90도로 숙이는 유하, 그는 흔쾌히 유하의 부탁을 받아들였다.

"그래, 네가 정 그렇다면 쓰도록 해라. 직함은 어떤 것이 좋을까?"

"갈치는 나이가 꽤 있으니 차장 정도면 될 것 같고, 나머지는 부장쯤으로 올리는 것이 어떻겠습니까?"

"으음… 전무이사 백이면 상무보까진 올라가도 괜찮지 않겠어?"

"……!"

그의 파격인사에 다른 조직원들의 눈동자가 꿈틀거렸으

나, 대놓고 반발하는 사람들은 없었다.

아마도 그의 무소불위 권력에 정면으로 도전하는 일이 상당히 껄끄러웠던 모양이다.

덕분에 유하는 생각지도 못했던 상무보 자리를 선점할 수 있게 되었다.

"감사합니다! 지금 하신 선택, 절대로 후회 없으실 겁니다!"

"당연히 그래야지. 그나저나 네 부하들은 너만큼 싸움을 좀 하나?"

유하는 슬그머니 미소를 지었다.

"아무럼 제가 물 주먹들을 데리고 왔겠습니까? 한 번 시범을 보시겠습니까?"

"음……."

건달 세계에서 상무보쯤 되는 위치에 오르면 주먹을 거의 쓰지 않는다고 볼 수 있다.

더군다나 굳이 주먹으로 이 자리까지 올라올 필요가 없다는 것을 감안한다면, 지금 유하의 발언은 당사자에겐 상당히 불편할 수도 있을 것이다.

하지만 그는 오히려 자신이 나서서 주먹 자랑을 자처했다.

"듣자 하니 신림에 꽤 쓸 만한 주먹이 많다고 들었습니다. 행동대장쯤 되는 녀석이라면 제가 창피하지 않고 싸울 수 있겠군요."

"오호, 자신감이 넘치는군?"

"건달이 자신감 하나 없이 이 자리까지 올 수 있겠습니까? 그것도 회장님을 모시는 자리에서 말입니다."

목포 갈치 역을 맡은 유석준 경장은 전국 경찰 유도대회의 챔피언이며 어린 시절에는 복싱 선수로 활동했던 사람이다.

또한, 군대에서 배운 특공무술과 실전 태권도는 보는 사람으로 하여금 오금을 저리게 만들 정도로 강력하다.

그의 도발에 신림의 행동대장 중 한 명인 진헌수가 앞으로 나왔다.

"링이라도 만들어야 합니까?"

"후후, 그런 것이 필요하겠나? 어차피 이 동네 싸움이 다 길거리에서 일어날 것인데."

"하지만 혹시 모르니 마우스피스와 오픈핑거 글러브 정도는 써야 할 것 같은데요?"

"그래, 좋다. 정 원한다면."

유석준이 오랜 경험과 실전으로 군더더기를 뺐다면, 진헌수는 이종격투기로 다져진 사람이다.

그는 운동을 할 때마다 챙겨 다니던 가방에서 마우스피스와 오픈핑거 글러브를 꺼냈다.

"끼시죠. 새것입니다."

"고맙군."

지금 이들이 모인 자리는 신림에서 운영하는 비즈니스클럽이기 때문에 손님이 아예 한 명도 없는 상태였다.

그들은 클럽의 중앙 홀에 덩그러니 서서 싸움을 준비했다.

뚜둑, 뚜둑!

진헌수는 좌우로 고개를 흔들어 몸을 풀더니, 이내 자신감이 찬 표정으로 윗옷을 벗었다.

그러자, 그의 몸에는 두 마리의 용과 호랑이가 한 대 섞여 있는 화려한 문신이 그 모습을 드러낸다.

"후후, 후회하지 마십시오."

"물론이지."

진헌수의 그런 자신만만한 태도에 질 세라 유석준 역시 윗옷을 벗는다.

턱!

그러자, 그의 몸에 훈장처럼 새겨진 칼자국들과 화상들이 화려한 문신만큼이나 빛을 내며 모습을 드러냈다.

그는 슬그머니 미소를 지으며 말했다.

"뼈 하나쯤 부러지는 것은 괜찮겠지?"

"제가 할 말입니다."

이윽고 유석준이 그에게 손을 펼쳐 먼저 들어오라는 표시를 보낸다.

"선공은 양보하도록 하지."

"그럼 사양하지 않고……!"

팟!

뒷골목 싸움에서 선공은 승패를 좌우할 수 있을 정도로 중요한 것이다. 하지만 유석준처럼 유술을 배운 사람에겐 그런 것이 전혀 통하지 않는다.

진헌수는 유석준의 얼굴에 두 번 잽을 날린 후, 곧장 페인트 모션을 취해 숄더태클을 시전했다.

하지만 유석준은 그런 그의 페인트 모션을 아예 무력화시키는 펀치를 일자로 내질렀다.

부웅!

"헛!"

"가드가 부실하군!"

유석준의 주먹 한 방에 숄더태클이 파훼된 진헌수는 본능적으로 몸을 좌로 틀었다.

하지만 유석준은 이미 그의 손을 잡아챈 후였고, 그대로 안다리후리기를 작렬시킨다.

휘릭, 쿵!

"크헉!"

"유술의 기본은 역발상이다! 기억할 수 있도록!"

이윽고 유석준은 그의 팔을 잡고 십자누르기, 즉 암 바를 걸어버렸다.

뚜드드득!

"크으으으윽!"

"팔을 부러뜨리는 것은 너무한 것 같으니, 적당히 어금니 하나로 끝내도록 하지!"

유석준은 그의 팔을 잡고 비틀다가 이내 포지션을 바꾸어 발뒤꿈치로 진헌수의 턱을 후려갈겨 버렸다.

빠악!

"……."

유석준의 발차기 한 방에 실신해버린 진헌수는 흰색 거품을 물며 축 늘어지자 그의 부하들이 진헌수를 업고 곧장 병원으로 향했다.

그는 그런 진헌수를 가만히 바라보다 이내 채민준에게 꾸벅 고개를 숙인다.

"죄송합니다. 뼈를 부러뜨리기로 했으니, 어쩔 수가 없었습니다."

"하하하! 괜찮다! 역시, 신강남의 부하답군! 오른팔로도 손색이 없겠어!"

"감사합니다!"

아무리 요즘 건달들이 주먹 쓰는 일에서 멀어졌다곤 해도 싸움은 기본 수양 중에 하나라고 볼 수 있었다.

채민준은 그런 주먹들을 상당히 아끼고 좋아하는 편이었다.

그는 연신 박수를 치며 자신의 앞에서 힘자랑을 한 그를 치켜세웠다.

짝짝짝짝!

"봐라! 이게 바로 진짜 주먹이라는 것이다! 다들 정진할 수 있도록!"

"예, 회장님!"

이로서 네 명의 형사는 모두 인정을 받게 되었고, 이제 남은 것은 성공적으로 언더커버 역할을 해내는 것뿐이었다.

*   *   *

늦은 밤, 김미경은 한창 신림이 회식을 진행하고 있는 술집으로 향하는 중이었다.

부아아아아아앙—!

빨간색 스포츠카에 오른 그녀는 거칠게 차를 몰아 비즈니스클럽 '비너스' 앞에 도착했다.

끼이이익!

바퀴에 연기가 날 정도로 거세게 페달을 밟은 그녀는 러시아에서 온 무명배우 두 명을 차에서 끌어내렸다.

퍼억!

"크윽!"

"아파도 좀 참아요."

"괜찮습니다……."

이윽고 그녀는 두 사람을 바닥에 질질 끌며 비즈니스클럽 안으로 들어섰다.

드르르륵—!

클럽의 문이 열리고 그녀가 들어서자, 한창 술을 마시던 신림의 조직원들이 일제히 고개를 돌린다.

"뭐야?"

그러자, 그녀는 유하에게 꾸벅 고개를 숙인다.

"형님! 장미입니다!"

"장미? 장미가 왔다고?"

자신을 장미라고 소개한 그녀는 유하의 앞에 마피아로 위장한 두 사람을 데려다 놓으며 말했다.

"이놈들, 이거 완전 제대로 짜바리였습니다!"

"짜바리라고……?!"

짜바리, 조직에 빌붙어 정보를 빼돌리는 세작들을 일컫는 말이다.

그녀는 두 마피아가 정보를 빼돌릴 목적으로 잠입했다는 시나리오를 짜서 그대로 실행에 옮기고 있었던 것이다.

몸에 딱 맞는 정장에 손등의 흑장미 문신, 누가보아도 그녀는 조직의 비밀 해결사로밖에 보이지 않았다.

채민준은 피투성이가 되어버린 두 사람을 바라보며 이를 갈았다.

"저놈들이 스파이였던가?"

"예, 회장님! 이놈들이 충일빌딩에서 첩자 노릇을 하던 것을 제가 잡아왔습니다!"

"…빌어먹을 놈들이군!"

그는 벌떡 자리에서 일어서더니, 이내 주머니에서 거대한 나이프를 하나 꺼내들었다.

스릉!

그리곤 곧바로 두 사람의 목을 그어버릴 태세로 움직였다.

그러자, 유하는 그보다 먼저 일어나 자신의 품에서 회칼을 하나 뽑아들었다.

척!

"제가 하겠습니다."

"후우… 그래, 나보단 네가 피를 보는 편이 낫겠지."

이윽고 유하는 그들의 아킬레스건을 칼로 한 방 찔렀다.

푸욱!

"끄아아아악!"

그 후엔 그들의 폐와 심장에 칼을 한 방씩 꽂아 넣었다.

푹푹푹!

"쿨럭, 쿨럭!"

그들은 곧 수명을 다할 것처럼 보였으나, 사실은 옷 속에 감춰진 특수 장치들이 수혈용 피를 뿜어내고 있는 것이다.

푸슉, 푸슉!

하지만 실감나는 유하와 그들의 연기는 아무리 칼을 오래 써온 사람이라도 홀딱 속아 넘어갈 만했고, 그들이 지금 살아 있다는 생각은 전혀 들지 않을 정도였다.

유하는 바닥에 널브러진 두 사람을 가리키며 말했다.

"갈치!"

"예, 형님!"

"이놈들을 콘크리트에 묻어서 서해 바다에 던져 버려!"

"예, 알겠습니다!"

이제 그들은 다신 살아 돌아올 수 없는 사람이 되어버렸고, 유하는 이내 채민준을 바라보며 말했다.

"놈들의 뒤를 캐서 아주 씨를 말려 버리겠습니다!"

"…그래. 뒤처리는 깔끔하게 할 수 있겠지?"

"물론입니다. 러시아에서 온 놈들 두 명쯤 사라져도 아무도 모를 겁니다."

"그럼 되었다."

이윽고 신림의 조직원들은 클럽 안을 깔끔하게 정리했고,

유하는 다시 한 번 술잔을 높게 들었다.

"한 잔 마셔도 되겠습니까?"

"그래, 다 같이 한 잔 하자."

"위하여!"

살인이 벌어진 현장.

하지만 이곳에서 죽은 사람은 아무도 없었다.

제4장
언더커버 II

　유하의 화려한 등장으로 신림은 이제 정말 그의 천하가 되어가고 있다고 해도 과언이 아니었다.

　전무이사로 정식 추대된 유하는 휘하에 상무보와 부장 세 명을 거느릴 수 있게 되었기 때문이다.

　또한, 이번 마피아 스파이 색출 사건의 공을 높이 산 김미경이 차장으로 진급했다.

　이것은 이미 유하가 조직을 거의 절반쯤 장악해 나가고 있다고 봐도 무방할 정도였다.

　이제 슬슬 본격적으로 언더커버들이 활동하여 조직을 갉

아먹을 일만 남은 셈이다.

늦은 밤 한강 고수부지.

유석준이 진헌수와 술잔을 기울이고 있었다.

꿀꺽, 꿀꺽!

두 사람은 한강 고수부지 한편에서 소주를 한 병씩 가져다 놓고 담배와 이야기를 안주삼아 술을 마시고 있었다.

유석준은 자신의 오른손에 쥐고 있던 담배를 그에게 권했다.

"한 대 피우지?"

"괜찮습니다."

"너무 격식 차리지 말고 피워."

"예, 상무보님."

그는 깍듯이 예의를 갖추는 지헌수의 어깨를 두드리며 말했다.

"우리 둘이 있을 때엔 그렇게 예의를 갖추지 않아도 된다."

"하지만⋯⋯."

"그냥 형님이라고 불러. 나도 그편이 편하니까."

"예, 형님!"

그제야 지헌수는 유석준이 준 담배를 한 모금 피워 물었다.

유석준은 그런 지헌수에게 넌지시 물었다.

"네가 조직에 들어온 지 얼마나 되었지?"

"올해로 10년쯤 되었지요."

"그럼 나이가 어떻게 되나?"

"스물아홉입니다."

"어리구나."

"건달치고는 많은 편이지요. 제 또래의 친구들은 이미 따로 조직을 차려 나갔습니다. 그 녀석들은 이제 외제차 타고 다닙니다."

"그래?"

유석준은 그에게 자동차 열쇠를 하나 건네며 말했다.

"앞으론 이걸 타고 다녀라."

"이게 뭡니까?"

"내가 주는 선물이다."

지헌수는 유석준이 준 독일제 스포츠카의 열쇠를 받곤 황송한 표정을 지었다.

"저, 저에게 이런 물건은 너무 과분합니다! 주셔도 유지를 할 수도 없고요!"

"유지는 내가 하는 거다. 너는 그냥 이 형이 주는 차를 타고 돌아다니기만 하면 되는 거야. 연식이 좀 되긴 했어도 이 정도 비주얼이면 어디 가서 무시는 안 받을 거다."

"혀, 형님……."

이제 조직은 한 갈래로 통합이 되었기 때문에 누가 누구를 거두고 휘하에 조직원들을 거느리는 거미발식 조직에서 조금씩 탈피하고 있었다.

하지만 그래도 엄연히 조직에는 줄서기라는 것이 존재하고 있었기 때문에 직접적인 파벌이 서서히 형성이 되는 중이었다.

유석준은 본격적으로 자신의 파벌을 구성하기 위해 활동을 시작했던 것이다.

"앞으로 우리 함께 여러 가지 일을 해보자."

"혀, 형님!"

"네 뒤는 내가 확실히 봐줄게."

"하지만 저는 출신이 별로 좋지 않습니다. 정통 건달도 아니고 웨이터 출신에 하는 사업마다 줄줄이 망해서 돈도 별로 없지요."

"괜찮다. 그런 사연 하나 없는 사람은 없는 법이니까."

"하지만……."

유석준은 그에게 직접적으로 자신의 휘하에 들어오라는 언질을 보낸다.

"앞으로 이 회사는 두 갈래로 나뉠 것이다. 원래 조직에 있던 사람들과 그렇지 않은 사람들. 너와 나처럼 지방에서 올라온 놈들끼리 힘을 합쳐야 살아남을 수 있지 않겠어?"

"그건 그렇지요."

"네 뒤는 이제 전무님이 봐주실 거다. 생활도 조금 나아질 거고 동생들에게 체면도 더 설 거야."

"……."

가만히 생각에 잠긴 지헌수, 그는 이내 굳은 결심을 내비쳤다.

털썩!

그는 유석준의 앞에 무릎을 꿇었다.

"저는 지금까지 이 두 주먹만을 믿고 조직에 들어왔습니다! 솔직히 그동안 형님들께도 무릎을 꿇어본 적이 없습니다. 심지어 큰형님께도 그랬습니다. 하지만 이젠 함께할 분을 찾은 것 같습니다!"

"나 역시 그렇다. 자리에서 일어서라."

이윽고 유석준은 그에게 통장을 하나 건네며 말했다.

"앞으로 너는 내 라인이다. 우리 라인은 이 통장을 함께 공유하며 공금을 나누어 쓰고 각자의 보수를 똑같이 나눈다. 한 놈만 잘 먹고 잘사는 그런 썩어빠진 조직은 필요 없어."

"감사합니다, 형님!"

"자, 이것을 가지고 가서 네 동생들에게 옷 한 벌씩 돌리고 자동차 한 대씩 뽑아줘. 밥은 굶어도 구두는 닦아야 건달이다."

"예, 형님!"

이로서 유석준은 지헌수의 휘하에 있던 라인을 자신이 흡수하게 되었다.

*　　*　　*

정통 신림 파 출신의 건달들은 다른 갈래의 건달들에 비해 상당히 윤택한 생활을 하는 것처럼 보였으나, 실질적으론 그렇지가 않았다.

중간보스 미만의 조직원들은 일반 회사원들보다 못한 생활을 영유하고 있었으며, 그중에는 끼니도 제대로 못 챙기는 사람이 허다했다.

유하는 자신이 가진 자본금을 아낌없이 풀어 이른바 신유성 라인을 구축하는데 전력을 다하고 있다.

목포 화투로 변장한 이중현 경사는 행동대장급 인사 두 명을 자신의 휘하로 포섭하는 작업을 진행하는 중이다.

그는 사람의 감성보다는 가슴 속에 잠들어 있던 야망을 건드리는 식으로 그들을 끌어들이고 있었다.

용인의 한 낚시터.

그는 자신을 따라온 박성준과 정지훈에게 최고급 낚싯대를 하나씩 건넸다.

"프랑스에서 온 낚싯대다. 장인이 직접 수제로 만든 것이지. 바늘과 찌 역시 수제다. 어디서 돈을 주고 구하기로 쉽지 않은 물건이야."

"감사합니다, 부장님!"

"부장은 무슨, 형님이라고 불러라."

"예, 형님!"

이중현은 아무도 없는 한적한 낚시터 중앙에 자리를 잡고 앉아 붕어낚시를 시작했다.

두 사람은 그를 따라 낚싯대를 드리웠는데, 이중현은 그들에게 은색 수트케이스를 하나씩 건넸다.

"열어봐라."

"이게 뭡니까?"

"열어보면 안다."

그들이 받은 것은 현금으로 1억 원, 환매조건부채권이 2억이었다.

두 사람은 화들짝 놀라 서로를 바라본다.

"허, 허억!"

"이, 이건……?"

"내 사비로 만든 자금이다. 나는 동생들에게 용돈을 줄 때 간드러지게 조금씩 주지 않아. 한 번 줄 때 화끈하게 줘야 사람 사는 맛이 나지 않겠어?"

"가, 감사합니다!"

이중현은 그들에게 군더더기 없이 담백한 유혹을 날렸다.

"내 밑으로 들어와라. 앞으로 그런 가방은 밥 먹듯이 챙길 수 있을 것이다."

"하, 하지만 형님들께서……."

"어차피 신림은 충일 파와 병합되면서 그 조직 체계가 완전히 바뀌고 있다. 지금부터 새로 줄을 서는 사람이 진짜 돈을 벌 수 있는 거다."

그는 두 사람의 주요 수입원에 대해 묻는다.

"너희들, 요즘 하는 일이 어떻게 되냐? 무슨 짓을 해가면서 입에 풀칠하냐?"

"주로 떼인 돈을 받아오지요."

"사채로 돌린 돈을 받는 일이 결코 녹록치 않을 텐데, 보수는 어때?"

"…한 번 다녀올 때마다 대략 100~200만 원쯤 받지요."

"그런 일이 많나?"

"그리 많지는 않습니다."

"그럼 그나마 동생들 용돈 챙겨주고 숙소비와 생활비 청산하고 나면 남는 돈이 거의 없겠군?"

"…그렇지요."

"보아하니 차도 국산인 것 같던데, 네 형님들이 그런 것은 안 챙겨주나?"

"……."

이중현은 그들에게 오피스텔 계약서를 한 부씩 건넸다.

"뭐, 일단 지나간 일은 그렇다 치고 앞으로 잘살면 되는 거다. 우선은 숙소부터 옮겨라."

"주상복합 오피스텔?! 그것도 강남……!"

"야, 이놈들아, 건달이 왜 건달이냐? 남자로 태어나 액셀러레이터 한번 제대로 밟아 보겠다고 주먹 쓰는 사람이라 건달 아니냐?"

"맞습니다, 형님!"

"사람은 돈을 벌어야 사람대접을 받는다. 언젠가는 빛을 보겠지, 이런 안일한 생각 따윈 성공의 걸림돌이 될 뿐이야."

"지당한 말씀이십니다!"

이중헌은 그들에게 낚시터 마스터키를 건넸다.

"앞으로 내 라인은 이 낚시터를 아지트로 쓴다. 서울에서 용인까지는 그리 멀지 않아. 그러니 머리가 꽉 막혔거나 처리하기 부담스러운 일이 있다면 이곳에서 그 스트레스를 풀고 가라."

"그, 그럼 이것도 형님의 사유재산인 겁니까?"

"그렇다고 볼 수 있지. 하지만 앞으론 내 라인의 재산이 될 것이다. 그리고 그 재신의 일부는 너희들의 것이고."

"……!"

건달도 돈이 있어야 제대로 생활이 가능한 것이 현실, 두 사람은 깊이 고개를 숙인다.

"이 한 몸, 제대로 바치겠습니다!"

"그래, 앞으로 한번 잘해 보자."

이제 세 사람은 다시 낚시에 열중하기 시작했다.

                    *   *   *

늦은 밤, 시나노 파 하유진은 일본에서 건너온 야쿠자들과 함께 술자리를 갖고 있었다.

그들은 강남의 한 요정에서 한국 전통주를 마시고 있었는데, 하유진은 이 요정을 자신의 소유로 가지고 있었다.

때문에 요정의 대접이 여느 때보다 훨씬 더 융숭한 것 같았다.

띠리링—!

간드러지는 가야금 소리와 함께 울려 퍼지는 현대판 기생들의 웃음소리가 요정에 완연하다.

"호호호, 한 잔 받으세요!"

"으음, 그럴까?"

웃음을 파는 기생들, 이제는 그 의미가 조금 퇴색되긴 했어도 여전히 그 자태는 빼어나기 그지없다.

시나노 파 중간보스 준이치 마사히로는 하유진에게 요즘 조직의 판도에 대해 물었다.

"듣자 하니 신강남이라는 놈이 전무로 올라갔다던데, 너에겐 별것 없는 모양이지?"

"조직의 계보는 항상 바뀌는 법이다. 조만간 내가 다시 뜨는 날이 올 것이다."

"그런가?"

준이치 마사히로는 그에게 검은색 스포츠 백을 건넸다.

"네가 말했던 추가 자금이다. 이 정도면 개인 사업을 꾸리는 데 부족함은 없을 것이다."

그가 건넨 돈은 전부 일본 엔화로, 그 내용물을 모두 합치면 대략 한화로 40억쯤 되었다.

하유진은 그 돈을 확인하더니 살짝 인상을 찌푸렸다.

"내가 말했던 것은 한화로 100억이다. 이 정도 돈으로 뭘 어떻게 하라는 건가?"

"한국 마약 시장에 소상인 몇 명 돌리는데 40억이면 충분하지 무슨 돈이 더 필요하다는 건가?"

"…그거야 네 생각이고. 나는 분명히 큰형님께 인가까지 맡았단 말이다. 돈을 더 마련해 와라."

"뭐라……?"

준이치 마사히로는 자신의 앞에 차려진 구첩반상을 손으

로 확 쓸어버렸다.

촤라락!

쩽그랑!

"꺄아아악!"

화들짝 놀란 요정의 현대판 기생들이 자리에서 벌떡 일어섰고, 하유진은 그들을 방에서 물렸다.

"다 나가라. 우리끼리 할 말이 있다."

"예, 사장님……."

이윽고 하유진은 자신의 품속에 갈무리하고 있던 회칼을 꺼내었다.

챙!

"…난 이 칼 하나로 한국 시장을 개척했다. 조직에서 신림의 휘하로 들어가라는 명령을 했지만 아직도 나는 분파의 보스다. 말 함부로 하지 않는 편이 좋을 것이다."

"오호, 나를 죽이기라도 하겠다는 건가?"

"장을 치러야겠다면 그렇게 해야지."

"후후, 역시 아직도 살벌하기 그지없는 녀석이군."

준이치 마하시로는 그제야 한 수 접어둔다는 듯이 주머니에서 수표 몇 장을 꺼내어 내민다.

"자, 네가 원하는 60억이다. 이 정도면 충분하겠지?"

"…꼭 사람이 말로 할 땐 듣지 않지. 한 번만 더 조직의 돈을 횡령했다간 목이 따이는 수가 있다."

"……."

하유진은 시나노 파 조직원 중에서도 그 광기가 남다르기로 유명한 사람이다.

비록 재일교포이긴 해도 그를 따르는 일본계 조직원이 가장 많았던 사람이기도 하다.

그렇기 때문에 그가 한국의 분파 보스로 낙점이 된 것이었다.

준이치 마사히로는 그런 그와 조직에 함께 들어온 동기이지만 현재의 위치는 그보다 몇 단계 낮았다.

때문에 그가 진심으로 화를 내면 꼬리를 말 수밖에 없었다.

하지만 요즘 하유진의 세력은 온전히 한국으로 옮겨가면서 그 이름이 살짝 퇴색된 터였다.

만약 그렇지 않았다면 지금 이런 상황은 아예 꿈도 꾸지 못했을 것이다.

하유진은 지금과 같은 상황을 겪는 것이 분에 못 이길 정도로 화가 났지만, 분파를 유지하기 위해 본파의 사람을 건드리지 않고 있었다.

그런 사실을 너무 잘 알고 있는 준이치 마사히로이기에 더이상 입을 열지 않았다.

"아무튼 한국의 사업이 번성해야 할 거다. 큰형님께서 기대가 크시거든."

"조만간 내가 신림이 나가고 난 자리를 대신하게 될 테니, 큰 걱정은 하지 마라."

"후후, 그럼 다행이고."

하유진은 요정의 마담에게 다시 술상을 봐 올 것을 주문한다.

"이봐, 여기 한 상 더 차려와!"

"예, 사장님!"

잠시 후, 네 명의 여성이 교자상을 내올 때 하유진의 부하 한 명이 따라 들어왔다.

"형님, 잠시 드릴 말씀이 있습니다."

"뭔가?"

"잠시 귀 좀……."

하유진은 그에게 귀를 가까이 가져다 댔다.

"…지금 강유하 라인의 중간보스들이 행동대장들을 포섭하고 다닌답니다."

"뭐라…?"

"그놈들에게 넘어간 행동대장만 벌써 열 명이 넘습니다. 이러다간 중간라인이 전부 놈의 손에 떨어지게 생겼습니다."

"…개자식들이군. 굴러 온 돌이 박힌 돌을 뽑아버린 셈이 잖아?"

"그러게 말입니다. 이제 우리도 뭔가 행동을 취해야 하지 않겠습니까?"

"흐음……."

시나노 본파에서 분파를 신림에 넘긴 식으로 태상그룹에 엮이긴 했어도 그들 역시 그룹에 속한 사람들이다.

자신들보다 큰 세력이 하나 더 생긴다는 것은 썩 달갑지 않은 상황이었다.

그렇지만 시나노 파의 계보는 엄연히 따지자면 한국의 계보가 아니기 때문에 더 이상 세력을 넓히는 것이 결코 쉽지가 않다.

하유진은 깊은 고민에 빠져들었다.

"흐음……."

"어떻게 할까요?"

가만히 생각에 잠겨 있던 하유진, 그는 불현듯 자신의 라이벌이자 숙적인 이재민의 근황에 대해 물었다.

"북서 파 출신들은 어떻게 하고 있나?"

"중국에서 화교들의 자금을 끌어오는 것 같더군요."

"흑사회의 자금을?"

"아직은 속단하기 이릅니다만, 놈들도 우리처럼 마약상이 없어진 자리를 선점하려는 것이 아니겠습니까?"

"흠……."

만약 여기서 두 조직의 행동노선이 겹치게 되면 한 지붕에 두 마리의 구렁이가 맞닥뜨리게 되는 셈이다.

하유진은 조금 더 계획을 앞당기기로 결심했다.

"놈들에게 시장을 빼앗길 수는 없는 일이지. 어서 약을 먼저 확보할 수 있도록."

"예, 알겠습니다!"

그는 속으로 실소를 흘린다.

'이 새끼 봐라… 감히 내 자리를 넘봐?'

하유진은 분노에 찬 눈빛으로 술잔을 넘겼다.

*   *   *

서울 상암동 월드컵경기장.

이곳에 짙은 선글라스를 낀 사내 둘이 들어섰다.

이곳에는 벌써 와 자리를 잡고 있는 이석준이 앉아 있었는데, 그는 실소를 흘리며 그들을 바라봤다.

"꼴에 폼이란 폼은 다 잡고 다니는군."

이석준이 기다리고 있던 사람은 다름 아닌 중국 화교 출신의 북서 파 보스 이재민이었다.

그는 170㎝가량 되는 키에 약간 마른 체형을 가졌는데, 그 인상은 마치 영화에 나오는 고블린을 보는 것 같았다.

하지만 그 잔머리와 잔악함은 타의 추정을 불허할 정도로 대단했다.

그는 이석준의 곁으로 다가와 앉자마자 담배에 불을 붙였다.

"담배 한 대 피워도 되겠죠? 영감님."

"영감님은 무슨, 요즘은 경찰에게도 영감님이라는 칭호를 붙이냐?"

"총경은 경찰의 꽃 아닙니까? 영감님이라는 호칭쯤은 붙여도 될 것 같아서요."

이석준은 손사래를 친다.

"됐다. 시답잖은 아부는 집어치워."

"큭큭, 그냥 웃자고 해본 소리입니다."

이윽고 이석준은 이재민에게 파일을 하나 건넸다.

"받아라."

"이게 뭡니까?"

"뭐긴, 네가 밥줄을 꿰찰 수 있는 열쇠지."

이재민은 그가 건넨 파일의 내용을 읽어보더니, 이내 눈이 휘둥그레진다.

"이, 이게 다 뭡니까?!"

"알지? 마약거래 위반과 살인교사 같은 중범죄는 가중처벌된다는 것. 혐의 입증만 된다면 아예 감방에서 나오지 못할 수도 있어."

이석준이 건넨 파일은 하유진의 범죄기록들이 낱낱이 적혀 있는 서류들로, 이것만 검찰에 넘기면 곧장 그를 감옥에 보낼 수도 있는 비장의 카드였다.

하유진과는 숙적이나 다름이 없는 이재민에겐 그야말로 가뭄에 단비 같은 비기일 것이다.

이재민은 파일을 손에 넣곤, 아주 희열에 가득 찬 표정을 지었다.

"이, 이것이야말로……."

"그래. 이것이야말로 네가 하늘 높이 날아오를 수 있는 무기지. 어때? 이것이 탐나지 않아?"

그는 고개가 떨어져라 긍정을 표한다.

"그, 그렇습니다!"

"좋아, 그렇다면 너와 거래를 하도록 하지."

"거래요?"

"내가 너를 밀어주는 대신 신강남이 태상그룹의 보스가 될 수 있도록 도와라."

순간, 이재민의 눈이 번쩍 뜨인다.

"태, 태상그룹의 보스로요?"

"우리는 신강남이 태상그룹의 보스가 되었으면 한다. 그래, 더 이상 숨길 필요도 없지. 나는 신강남을 태상그룹의 바지사장으로 내세워 조직의 힘을 약화시킬 것이다. 어차피 없애도 너희들 같은 놈들은 계속해서 생겨날 것 아니냐?"

"그건 그렇습니다만……."

그는 이재민에게 구속영장을 보여주며 말했다.

"채민준을 구치소에 처넣을 수 있는 구속영장이다. 그리고 이에 관한 모든 자료들이 내 손안에 있어."

"……."

표정이 딱딱하게 굳어버린 이재민, 그는 지금 도저히 어떤 말을 해야 좋을지 몰라 하는 것 같았다.

이성준은 슬그머니 미소를 지으며 말했다.

"긴장할 것 없어. 잘 생각해 봐. 네가 만약 태상그룹의 전무이사라도 되는 날엔 굳이 마약팔이로 연명할 필요가 없어져. 안 그래?"

"흐음……."

"어차피 건달은 줄을 잘 서야 하는 법이다. 조만간 태상그룹에는 반란이 일어날 거야. 그렇게 되면 너는 어느 한편에 서야 할 텐데, 그편이 회장 후보인 것이 좋지 않겠어?"

이성준의 얘기를 곰곰이 곱씹어보던 그가 이내 고개를 끄덕였다.

"뭐, 그건 그렇군요."

"그래, 약삭빠른 것이라면 국가대표인 네가 패자의 편에

설 수야 있나?"

그는 이재민에게 앞으로 어떻게 행동해야 할지를 말하기 시작했다.

"하유진을 없애라. 그것이 네가 할 첫 번째 일이다. 그 이후엔 신강남이 다 알아서 할 테니 너는 그대로 따르면 되는 거다."

"…알겠습니다. 그렇게 하지요."

두 사람은 이제 자리에서 일어나 운동장을 나섰고, 서로가 모르는 사람인 것처럼 돌아섰다.

*　　　*　　　*

이른 오후, 시나노 분파의 심장부라고 할 수 있는 연남동으로 50명이 넘는 형사들이 몰려오기 시작했다.

그 중심에 선 사람은 바로 이성준으로 그는 옅은 미소를 띠고 있었다.

"한 놈도 놓치면 안 된다! 모두 체포해서 감옥으로 보내는 거다!"

"예, 과장님!"

본청 수사기획과에서 임시로 동원할 수 있는 모든 형사가 먼저 연남동으로 향하면 그 뒤를 따라서 경찰 기동대 1개 중대가 시나노 파 본거지를 둘러쌀 것이다.

그렇게 되면 조폭들이 제 아무리 눈치가 빠르다 해도 한 명도 빠져나갈 도리가 없어지는 셈이다.

잠시 후, 이성준은 시나노 분파의 본거지인 에스트 빌딩 앞에 섰다.

"후후, 일이 좀 재미있어 지겠군!"

그는 무전기를 잡고 116기동대와 형사들을 지휘하기 시작했다.

"작전을 시작한다! 기동 중대는 바리게이트를 치고 그곳에서 나오는 놈들을 그 즉시 척결할 수 있도록!"

─치익, 양호.

"형사들은 예정대로 에스트 빌딩을 이 잡듯이 뒤져 사람처럼 생긴 놈들은 모두 연행해."

─치익, 입감.

이윽고 총 열 대의 승합차에서 형사들이 우르르 쏟아져 나오더니 에스트 빌딩 안으로 돌입하기 시작했다.

─제1팀 돌입.

─입감, 2팀은 곧이어 돌입할 수 있도록.

─양호.

형사들은 열 명 1개조로 팀을 나누어 에스트 빌딩 안으로 속속들이 들어갔다.

그러자, 그 안에선 일본계 조폭들이 격렬히 저항하는 소리가 들린다.

"이런 빌어먹을 자식들! 갑자기 이게 무슨 소란이냐!"

"자, 잘 들어라! 너희들을 마약관리법에 의거, 긴급 체포한다! 또한, 살인교사, 납치, 폭행, 폭행사주, 금융거래법 위반 등의 혐의도 받는다! 변호사를 선임할 수 있고, 묵비권을 행사할 수 있다!"

"젠장……!"

형사들은 완력으로 그들을 제압하기 시작했고, 경찰의 압박을 피해 조직원들이 하나둘 건물 밖으로 뛰쳐나왔다.

"잡히지 마라! 도망쳐!"

"혀, 형님! 밖에도 경찰 놈들이 진을 치고 있습니다!"

"뭐, 뭐라?!"

경찰 기동대는 그들이 밖으로 나오자마자 경관봉을 있는 대로 휘두르기 시작했다.

퍽퍽퍽!

"좌현, 좌현으로 1소대 이동!"

척척척!

물 샐 틈 없는 그들의 압박 수비에 시나노 파 조직원들은 결국 두 손을 들기 시작했다.

"하, 항복이다!"

"투항하는 놈들은 더 이상의 폭행에 노출되지 않는다! 두 손을 머리 뒤에 대고 무릎을 꿇어라!"

두들겨 맞다 못해 두 손을 든 그들, 형사들은 이제 있는 족족 시나노 파 조직원들을 한데 엮어 차에 실었다.

같은 시각, 에스트 빌딩 후문으로 시나노 파 수뇌부 네 명과 그들의 수장 하유진이 도주를 시도하고 있었다.

"형님! 이쪽입니다!"

"…제기랄! 도대체 어떤 개새끼들이 우리를!"

따르르르릉!

바로 그때, 전화가 울렸고 수뇌부 중 한 명이 전화를 받았다.

"뭐라고?!"

눈이 휘둥그레진 그를 바라보며 하유진이 물었다.

"무슨 일이냐?"

"형님! 큰일입니다! 우리 사업장에 북일 파 놈들이 쳐들어와 깽판을 치고 있답니다!"

"뭐라?!"

그들은 바로 어제 마약 60억 원어치를 일본에서 들여와 막 클럽으로 배포할 계획을 세우고 있었다.

하지만 그런 가운데 업장에 북일 파가 쳐들어왔다는 것은

60억을 그대로 날려버릴 위기에 처했다는 뜻이었다.

"이런 개새끼들! 아주 작정을 한 모양이군!"

"형님! 일단 이곳에서 피하고 보시지요! 놈들은 후일에 해치워도 됩니다!"

"크윽!"

하는 수 없이 자리를 뜨고 보는 네 사람, 하지만 그 도주행각은 금방 좌절되고 말았다.

타앙!

"뭐, 뭐야?!"

"이 새끼들, 어디를 가려고?!"

그들의 앞을 막아선 사람은 바로 이성준과 형사들, 대략 20명쯤 되는 형사들은 일제히 보급용 리볼버를 하유진에게 겨냥하고 있었다.

이성준은 득의에 찬 미소를 지으며 말했다.

"한 발자국만 더 움직이면 실탄이 날아간다! 자, 어때? 그냥 이대로 감옥으로 들어가는 편이."

"……."

"잘 선택해라. 지금 자수하면 무기징역에서 15년형으로 감형이 될 수도 있어. 체포에 협조한 사항은 정상참작의 여지를 만들 수 있거든."

"빌어먹을!"

하유진은 재빨리 주변을 둘러보더니, 이내 자신이 직접 운전대를 잡았다.

"비켜! 내가 운전한다!"

"하, 하지만 뭘 어떻게……."

"어떻게 하긴! 밀어버려야지!"

그는 이내 운전석에 앉아 가속페달을 밟았고, 그 영향으로 차가 총알처럼 앞으로 튕겨져 나간다.

끼이이익, 부아아아앙!

"저, 저런 미친 새끼들?!"

"아주 죽으려고 환장을 했군! 사격 개시!"

이성준의 명령이 떨어지자마자 형사들은 일제히 총알을 발사해댔고, 하유진이 탄 차는 총알로 벌집이 되어버렸다.

탕탕탕탕!

쨍그랑!

"지독한 새끼들!"

하지만 하유진은 끝까지 가속을 멈추지 않았고, 가까스로 포화를 뚫고 지상으로 나갈 수 있었다.

그러나 그런 그의 뒤에서 총알이 몇 발 날아와 몸에 틀어박혔다.

피융, 퍼억!

"크허억!"

어깨와 등에 총을 맞은 그는 이내 비틀거리고 말았고, 차는 좌로 살짝 치우쳐 달리기 시작했다.

끼이이이익!

"허억, 허억! 이대로 죽을 수는 없다!"

하유진은 있는 힘껏 중심을 잡아 차를 몰았고, 그는 이제 대로변을 따라 똑바로 달리기 시작했다.

끼기기긱, 부아아아앙!

형사들은 멀어지는 그를 바라보며 당혹스러운 표정을 지었다.

"저, 저런 독종 새끼! 총을 맞고도 운전대를 잡다니!"

"역시… 깡다구 하나는 정말 제대로 타고난 놈이군!"

"과장님, 이젠 어쩝니까?"

"어쩌긴 뭘 어째? 저놈을 지명수배하고 출입국사무소에 전화해서 출국금지를 걸어버려."

"예, 알겠습니다!"

이제 경찰들은 그를 잡기 위해 전국의 인력을 모두 동원하게 될 것이다.

제5장
아슬아슬한 줄타기

시나노 분파가 산산조각 나는 동안, 유하는 자신의 라인에 속한 인원이 다치지 않도록 최선을 다하고 있었다.

신림이라는 조직 자체가 상당히 이해관계가 복잡하게 얽혀 있기 때문에 어느 누가 경찰의 타깃이 될지 알 수가 없었기 때문이다.

하지만 유하의 노력이 아니더라도 그들은 경찰에 연행될 일이 없었다.

이성준은 신림이 온전히 유하의 수중에 넘어가도록 판을 짜놓았기 때문에 애꿎은 유하의 라인에 속한 인원이 다칠 일이 있을 수 없었던 것이다.

그러나 그중에서도 어쩔 수 없이 경찰의 추격을 받게 될 사람들은 일찌감치 한국을 떠 외국에서 당분간 생활할 수 있도록 했다.

이러한 노력들이 이뤄지는 가운데, 채민준은 난리가 일어난 틈을 타 시나노 파를 접수해버린 이재민을 탄압하기로 했다.

태상그룹 본사 회의실, 이곳에는 그의 휘하에 있는 보스들이 전부 다 모여 회합을 가지고 있었다.

채민준은 이재민을 아예 통째로 밟아버리기 위해 조직력을 총동원하기로 했다.

"더 이상 놈은 우리의 식구가 아니다. 그놈과 연관된 놈들이라면 지휘고하를 막론하고 전부 다 때려잡아라."

"예, 회장님!"

하지만 유하는 조금 다른 의견을 내민다.

"저, 회장님."

"무슨 일인가?"

"지금 이렇게 많은 인원들이 움직이는 것은 조금 위험하지 않겠습니까?"

"…위험하다고?"

"차라리 인원을 쪼개서 족칠 놈들만 족치는 편이 나을 것 같습니다만."

"으음, 그러니까 주동자만 잡아 족치면 일이 해결될 것이다?"

"짧은 소견입니다만, 제 생각에는 그렇습니다."

"뭐, 그것도 아주 잘못된 말은 아니군."

요즘 채민준은 유하에 대해 상당히 신뢰를 하고 있기 때문에 그가 하는 말이라면 일단 생각 자체를 다시 해보는 수준에 이르렀다.

아마 그는 유하를 자신의 진정한 오른팔로 굳게 믿고 있는 것 같았다.

채민준은 유하의 말을 일단 들어보기로 했다.

"그래, 이런 발언을 했으니 그에 합당한 계획을 가지고 있겠지?"

"물론입니다. 일단 놈들이 가진 재산을 모두 압류하십시오. 그리고 사업장 역시 깡그리 몰수하여 그룹 내부의 자금으로 흡수를 해버리는 겁니다."

"으음, 그러니까 놈의 팔과 다리를 다 잘라버려라?"

"이를 테면 그렇지요. 그리고 난 후에 조직의 자금줄을 완벽하게 틀어쥐고 흔들어버리면 굳이 피를 보지 않아도 일이 해결될 겁니다. 지금과 같은 상황에서 굳이 칼을 들었다간 경찰의 감시망을 건드리는 꼴밖에 되지 않습니다."

시나노 파가 사단이 난 것은 잠정적으론 분파 내부에 스파이가 있다는 식으로 결론이 나 있었는데, 이것은 순전히 유하의 라인에서 나온 유언비어에 불과했다.

사실은 이 모든 것이 이재민에 의한 것이지만 앞으로 그가 분파를 흡수하고 합법적인 사업으로 전향할 때를 대비하여 약간의 연막작전을 펼치는 것이었다.

유하의 말을 천천히 전해들은 채민준은 불현듯 생각을 바꾸기로 했다.

"그래, 신중을 기해서 나쁠 것은 없겠지. 지금 경찰의 동태는 어떠한가?"

"안 그래도 태상그룹 휘하의 모든 업소를 들쑤시고 다니면서 난리를 피우고 있습니다. 물론, 합법적인 업체들에게도 감시망을 펼쳐 놓았고요."

채민준의 비서실장이자 그의 왼팔이기도 한 장한솔의 보고에 장내는 유하에게로 시선을 모두 돌리게 되었다.

"전무님께서 혜안이 있으시군요. 역시……."

"그럼 앞으로 우리는 어떻게 해야 합니까? 경찰들이 설치고 다니는 동안엔 그냥 잠수를 타야 합니까?"

유하에게 쏟아지는 질문들, 이제 유하는 그들에게 도피방법을 일러주었다.

"일단 조용히 자숙하는 편이 좋다. 합법적인 사업장에서 일하는 녀석들은 지금 그대로 일하고 그렇지 않은 놈들은 아무래도 잠수를 좀 타는 편이 낫지 않겠나?"

"으음…….."

"회장님, 어떻게 하면 좋겠습니까?"

채민준은 자신에게로 돌아오는 시선을 다시금 유하에게로 돌렸다.

"신 전무가 말한 그대로다. 경찰이 저렇게 득달같이 달려드는데 뾰족한 수가 있겠나? 우리 같은 소시민들은 그냥 입 닥치고 잠수나 타야지."

"그럼 업장을 단속하도록 하고 저희들은 지방에 내려가 있겠습니다."

"그래, 그렇게 하자고."

지금 이성준은 일부러 조금 더 소란스럽게 조사를 벌이고 있었기 때문에 아무리 강심장인 채민준이라곤 해도 한 발자국 물러설 수밖에 없을 것이다.

그리고 그로 인해 조직원들이 움츠러들 때, 이때가 바로 유하가 원하는 타이밍이기도 했다.

'좋아, 모든 것이 순조롭게 풀리는군.'

유하는 보일 듯, 말 듯한 미소를 지었다.

*   *   *

강원도 양양의 한 별장.

한유진이 피투성이가 된 채로 대문을 두드렸다.

쿵쿵쿵!

"허억, 허억……!"

숨이 턱밑까지 차오르는 것을 보니, 아무래도 폐에 물이 차버린 것 같았다.

만약 이대로 조금만 더 시간이 지체된다면 한유진의 몸은 더 이상 산 사람의 몸이 아니게 될 것이다.

하지만 바로 그때, 그에게 구원의 손길이 내려왔다.

"누구세요?"

"…나다."

"유진 씨?!"

별장의 문을 열고 나온 사람은 한유진의 내연녀인 외과의사 현진아였다.

"허억, 허억! 일단 좀 눕자……."

"이리로 와요! 어서!"

현진아는 한유진과 벌써 5년째 열애 중이었는데, 그녀에겐 이미 결혼한 남편이 있었다.

하지만 결혼생활 7년째 아이를 갖지 못한 현진아 부부는 서서히 결혼을 정리하려던 참이었고, 남편도 이 내연 관계를 잘 알고 있었다.

그 때문에 이렇게 대놓고 별장에 묵어도 별다른 문제가 생기지 않았던 것이다.

현진아는 일단 한유진을 별장 안으로 데리고 들어와 그의 상태를 진단한다.

"허억, 허억!"

"숨을 크게 들이쉬어 봐요!"

"후욱, 후욱······!"

"이런! 폐에 뭔가 틀어박힌 것 같은데요?!"

"별것 아니야··· 그냥 총알 몇 발 맞은 것뿐······."

"뭐라고요?!"

화들짝 놀란 그녀는 자신의 승용차 안에 들어 있던 수술용 키트와 마취용품들을 찾아 긴급 수술실을 차렸다.

"내가 못 살아··· 허구한 날 칼을 맞고 다니더니 이제는 총까지!"

"후후, 그래서 내가 너를 못 버리고 아직까지 만나는 것 아니야?"

"말이나 못 하면······."

이윽고 그녀는 스테인리스로 된 수술대 위에 그를 올리고 차근차근 수술부위를 결정했다.

"일단 이상이 있는 곳은 폐와 등 쪽 근육이에요. 아무래도 폐에 총알이 박힌 것 같은데, 이걸 제대로 찾을 수 있을지는 미지수네요."

"너… 실력 좋은 의사잖아? 한 때는 전쟁터에도 다녀왔고."

"…그때야 미군기지에 의료 장비들이 다 있었기 때문에 사람을 살린 것이고요. 지금은 총알이 살을 뚫고 들어간 흔적을 따라서 그 종적을 가늠할 수밖에 없는 상황이에요. 잘못하면 죽을 수도 있어요. 일단 응급처치를 하고 병원으로…….."

"안 돼! 지금 나는 지명수배가 내려져 있어! 어차피 병원에서 수술을 받으면 감옥에서 평생 썩을 수밖에 없다고!"

"…이것 참!"

이제 그녀는 자신의 두 손에 한유진의 목숨을 맡기는 수밖에 없었다.

"좋아요. 그럼 내가 당신을 수술하도록 하죠."

"죽어도 좋다… 사람은 언젠가 다 죽어. 그럴 바엔 차라리 네 손에 죽는 편이 나아."

"……."

이윽고 그녀는 다짜고짜 그의 입에 산소마스크를 씌웠다.

"좀 자고 있으세요."

"…후욱, 후욱!"

그녀는 익숙한 솜씨로 그의 옷을 벗긴 후, 곧바로 응급수술에 들어갔다.

며칠 후, 한유진이 비몽사몽한 얼굴로 잠에서 깨어났다.

"으윽……!"

"아직 움직이지 말아요."

그의 곁을 며칠이고 지키며 간호한 현진아의 얼굴이 푸석푸석하기 짝이 없다.

"내가 며칠이나 누워 있었지?"

"나흘이요."

"이런……."

"하여간 사람 속을 썩여도 참, 다이내믹하게 썩히네요. 잘못하면 죽을 뻔했어요. 폐를 절제해야 할 상황까지 갔다고요."

"후후, 그래도 네가 나를 살려주었잖아?"

"…일단 안정을 취해야 해요. 지금은 총알을 너무 많이 맞아서 몸이 약해질 대로 약해졌단 말이에요."

"그렇군……."

이윽고 그녀는 지금 경찰조사가 어디까지 진행되었는지 알려줬다.

"TV에서 당신을 잡겠다고 아주 난리가 아니에요. 도대체 뭐가 어떻게 된 거예요?"

"…아무래도 조직에 첩자가 있는 것 같아. 내가 지금까지 벌였던 사업에 관한 모든 자료가 털려버렸어. 이젠 발을 빼고 싶어도 빼지 못하는 상황이 되어버렸단 말이지."

"무식한 사람! 그러니까 내가 진즉에 도망을 가자고 했잖아요!"

현진아는 자신이 가진 의술을 바탕으로 노르웨이에 이민 신청을 해 둔 상태였다.

하지만 남편과의 재산 분할이 원활하게 이뤄지지 않아 자금상황이 여의치 않았고, 여유자금이 대략 5억쯤 모자라는 상황이었다.

더군다나 현진아는 병원을 개업하면서 진 빚이 40억쯤 되는데, 시일이 늦춰지면 이민이 가기 전에 그 빚을 모두 그녀가 상환하게 될 수도 있었다.

때문에 한유진은 기를 쓰고 그 돈을 마련하기 위해 발버둥을 치고 있었던 것이다.

그녀는 자신이 남편과 함께 너무 큰 꿈을 꾸었던 것을 후회하고 있다.

"세상에… 병원을 개업하고 40억이라는 빚을 지게 되다니. 내가 미쳤지! 그런 남자와 결혼해서……."

"너무 그러지마. 어차피 벌어진 일, 그런다고 뭔가 달라지지는 않아."

"휴우… 그렇긴 하지만……."

한유진은 그녀의 손을 꼭 잡으며 말했다.

"너무 걱정하지 마. 내가 알아서 할 테니까."

"…어떻게요?"

"난 어차피 사람답게 살긴 글렀어. 그러니 내 방식대로 네 곁에 머물 수밖에."

"……?"

고개를 갸웃거리는 그녀, 하지만 그는 이미 속으로 뭔가 굳게 결심을 굳힌 것 같았다.

*   *   *

이제 태상그룹의 중간보스들이 슬슬 지방으로 내려가 조직에는 남은 사람이 절반뿐인 상황이 되었다.

채민준은 유하와 함께 앞으로 조직을 어떻게 이끌어 가야 할지에 대한 방안을 논의하고 있는 중이었다.

"경찰이 우리의 너무 깊게 관여하고 있어. 이대로라면 돌파구를 찾기가 쉽지 않겠는데?"

"그러게 말입니다. 이렇게까지 일이 꼬인 것을 보면 뭔가……."

"뭔가?"

유하는 뒤에 첩자라는 말을 덧붙이려다 이내 그 타이밍을 놓치고 말았다.

쾅!

"형님! 큰일입니다!"

"무슨 일이냐? 어른들 말씀하시는 것 안 보이냐?"

"지금 아래에 경찰이 쫙 깔렸습니다!"

"뭐라?!"

화들짝 놀란 조직원들, 채민준은 딱딱하게 굳은 얼굴로 물었다.

"…미친놈들이군. 다짜고짜 사람부터 잡아가시겠다? 하유진을 잡아갔다고 내 혐의까지 입증될 줄 알았던 모양이군."

"회장님, 일단 자리를 피하시는 것이…….."

"벌써 목전까지 놈들이 쳐들어 왔다면서? 그런데 무슨 도망이냐?"

"하지만……."

바로 그때, 회의실 문이 거칠게 열리며 이성준과 형사들이 들이닥쳤다.

콰앙!

"손들어, 경찰이다!"

"이 새끼들이 돌았나?! 여기가 어디라고……!"

부하들의 증언대로 경찰들이 들이닥쳐 그들에게 수갑을

들이댔고, 사장단은 아주 거칠게 반항했다.

하지만 채민준은 그런 그들을 애써 진정시켰다.

"쉿, 모두들 조용히 해라. 귀하신 분들 오셨는데, 이렇게 떠들어서야 되겠냐?"

"하지만……."

"가만히 있어. 내가 알아서 처리한다."

이윽고 채민준이 경찰들에게 다가가 물었다.

"어이, 짭새 아저씨? 도대체 여긴 무슨 일로 온 건가? 브런치라면 이미 다 먹었는데?"

이성준 수사기획과 과장은 그들에게 체포영장을 내민다.

"어떻게 오긴, 네놈들 줄줄이 비엔나소시지처럼 엮어서 감옥에 보내려고 왔지."

"…뭐라고? 이 아저씨가 정말 노망이 나셨나? 그게 무슨 개소리야?"

"개소리라니… 이거 안 보여? 바로 어제 법원에서 직접 받아온 영장이야. 봐, 네 이름이 똑똑하게 적혀 있지?"

이성준은 그에게 영장의 내용을 읊어줬다.

"이 새끼, 죄목도 많아요. 잘 들어라, 채민준! 너를 살인교사 및 폭행사주, 공갈, 협박, 강도, 상해 등등… 이것 참, 나열하기도 힘든 양이군. 여튼 엄청나게 많은 항목에 의거하여 체포한다. 변호사 선임 하고 싶으면 해. 어차피 쪽도 못 쓸 테지만 말이야."

"……"

채민준은 다짜고짜 자신을 잡아간다는 그에게 물었다.

"그 모든 혐의들을 다 입증할 수 있을 것 같나? 천만의 말씀, 네놈은 이것을 감당하지 못해. 며칠 안에 옷을 벗게 될 것이다!"

"옷을 벗는 것은 내가 아니라 너겠지. 아무튼 자세한 것은 서에 가서 얘기하자."

"…네가 아직 큰코다치지 않아서 앞뒤 분간 못하고 날뛰는 거 같은데, 이렇게 나오면 재미없을 걸?"

"경찰 일이 무슨 재미가 있겠냐? 너 같은 놈들 처 넣는 것이 재미지."

이성준은 부하들에게 그를 잡아가라고 명령한다.

"잡담은 여기서 그만하지. 끌고 가라."

"회, 회장님!"

두 팔이 붙잡혀 회의실을 나서는 채민준, 그는 끝까지 버티면서 고개를 돌려 사장단을 바라봤다.

그러자, 사장단은 흥분해서 그를 빼돌리겠노라 소리를 지르며 흥분했다.

"저 개새끼들! 싹 다 조져버릴까?!"

"잡아 족쳐!"

하지만 바로 그때, 신강남이 그들을 만류했다.

"…앉아라. 경거망동하지 마."

"뭐…?"

"네가 지금 이 난리법석을 떨면 회장님만 곤란해진다. 경찰을 건드려서 좋을 것이 없다는 소리다."

"하지만……."

"어차피 회장님은 금방 풀려나실 것이다. 과연 누가 회장님을 구치소에 넣으려고 안달이 났는지 모르겠지만, 그분께서 감옥에 가실 일은 절대로 없어. 알겠나?"

"……."

그제야 사장단은 흥분을 가라앉혔고, 신강남은 멀어져가는 채민준을 바라보며 보일 듯 말 듯한 웃음을 지었다.

*   *   *

같은 시각, 채민준이 경찰에 연행되었다는 소식에 임경필은 곧바로 자신의 인맥을 총동원해 그를 빼낼 준비에 들어갔다.

분명 채민준은 그에게 반하는 세력에 의해 경찰에 송치되었을 것이니, 빼내는 것도 그리 어려운 일이 아닐 것이라고 생각했던 것이다.

하지만 막상 임경필은 그를 빼내려던 노력이 줄줄이 허사가 되는 특이한 경험을 하게 되었다.

경찰 고위간부와 전화통화를 연결한 그는 아침부터 문전박대를 당한 것이다.

—이미 체포된 사람은 빼낼 수 없어요.

"…그게 무슨 말입니까? 당신들 잘하는 것 있잖아요? 불구속 수사. 불구속으로 밀어붙이면 되는 것 아닙니까?"

—아니요, 그게 그렇게 간단한 문제가 아니에요. 이 사건은 이제 곧 경찰에서 검찰로 넘어갈 겁니다.

"뭐요? 그렇게 빨리 사건이 진행된다니, 그게 말이나 됩니까? 아직 제대로 된 조사도 못했는데!"

—지금 검찰에서 채민준을 빨리 연행해 오라고 난리입니다. 아무래도 수뇌부에서 손을 쓰고 있는 것 같아요.

순간, 그는 속으로 헛물을 들이켰다.

'젠장! 검찰이 엮였나? 도대체 어떤 놈이 검찰까지 움직여서 일을 이렇게 벌인단 말인가?!'

임경필은 채민준이 구치소에 들어가게 되면 조직이 또다시 양분될 것임을 직감하고 있었다.

물론, 그가 직접 수습에 나선다면 완전체에서 대략 5%가량이 피해만 입고 끝나겠지만 채민준의 세력은 그만큼 감소할 수밖에 없다.

앞으로 그가 해줄 일이 많은데, 그가 세력을 잃어버린다면 임경필의 입장에선 상당히 불편해지는 셈이다.

'제삿밥은 다 먹여놨는데, 사냥개를 잃게 생겼군!'

일단 그는 채민준이 조사를 받으며 기거할 경찰청 구치소로 향했다.

경찰청 구치소 면회실.

분노로 가득 찬 채민준이 임경필과 마주하고 있었다.

임경필은 그에게 담배와 빵을 건네며 물었다.

"도대체 어떤 놈이 너를 이렇게까지 만든 것이냐? 설마하니 하루 만에 사건이 이렇게 급작스럽게 전개될 수 있다니, 놀라울 따름이군."

"…혹시 동서들이 손을 쓴 것은 아닐까요?"

"사위들이?"

"그렇지 않고서야 저를 이렇게까지 막 찌를 놈이 누가 있겠습니까?"

"흐음, 그것도 아주 가능성이 없는 얘기는 아니군."

채민준은 임경필을 바라보며 독기로 가득 찬 눈으로 말했다.

"만약 그놈들이 저를 이렇게 밟은 것이라면 절대로 가만히 있지 않을 겁니다! 행여나 제 지분율이 줄어든다고 해도 저는 상관없습니다. 다시 놈들을 다 쓸어버리면 그만이니까요."

"그래, 하지만 아직까지 두 놈이 범인이라는 증거가 없다. 그래서 나도 가만히 있는 것이고."

그는 임경필에게 꾸벅 고개를 숙인다.

"죄송합니다! 이렇게 칠칠치 못한 모습을 보이다니, 면목 없습니다!"

"아니, 아니야. 설마하니 검찰까지 움직여 너를 이렇게 만들 줄 누가 상상이나 했겠나?"

"…그러게 말입니다."

이번에 임경필은 질문을 바꾸어 그에게 물었다.

"혹시 내부에서 너를 공격했을 가능성은 없나?"

"내부요?"

"이렇게까지 사건이 급하게 진행된 것을 보면 분명히 그에 타당한 증거들이 있었을 것이다. 그 증거들을 도대체 누가 만들어냈냐는 것이지."

"…하긴, 그건 그렇군요."

"일이 이렇게까지 되었다는 것, 분명히 내부에 스파이가 있다는 뜻이다."

"스파이!"

"외부에서 압박을 가한 것은 물론이고 내부에 스파이를 심어 누군가 검찰을 움직인 거야. 그렇지 않고선 얘기가 성립이 안 된다."

"그, 그런 말도 안 되는 일이!'

"어떻게 생각하나? 혹시 집히는 인물이 있나?'

"흐음……."

가만히 생각에 잠긴 채민준, 그러다 그는 불현듯 한 사람을 떠올렸다.

"이충만……!'

"이충만이라… 놈이라면 충분히 너를 이곳에 보내고도 남을 정도의 원한을 가지고 있지. 그리고 조직 내부에도 아직 그를 따르는 수뇌부가 꽤 있을 것이고."

"회장님, 정말 이충만이 이 짓을 벌였다면 어떻게 하실 겁니까?'

채민준의 질문에 임경필은 한 치의 망설임도 없이 답한다.

"죽여야지. 그런 놈은 묻어버리는 것이 상책이다."

"…감사합니다!'

"후후, 별말을 다 하는군."

이윽고 임경필이 자리에서 일어서며 말했다.

"네가 데리고 있던 수족들의 신상정보를 나에게 넘겨라. 내가 그들을 이용해서 놈을 정리하겠다."

"예, 알겠습니다."

채민준은 신강남을 포함한 네 명가량의 수뇌부의 신상명

세를 그에게 넘겼고, 임경필은 이내 면회실을 나섰다.

*　　　*　　　*

늦은 밤, 마포구의 한 포장마차에 언더커버들이 한 자리에 모였다.

김미경 경위가 현재 고향으로 낙향해 가족들과 모여살고 있는 이충만에 대해 얘기를 꺼냈다.

"그는 이제 정말 이 사건과 아무런 관련이 없어요. 어쩌면 좋아요?"

"맞습니다. 이대로라면 괜한 사람이 죽을 텐데……."

"흐음……."

유하는 속으로 수많은 생각들을 엮어낸다. 그리고 잠시 후, 어딘가로 전화를 걸기 시작했다.

"어차피 이곳에 있는 사람들은 내 라인이니 누가 온다고 해도 별탈은 없겠지?"

"물론."

"좋아. 그럼 전 충일 파 중간보스들을 소집하도록 하지."

그는 전화기 너머로 몇 명에게 장소를 일러주었고, 대략 30분도 되지 않아 중간보스 네 명이 도착했다.

충일 파 출신 중간보스들은 유하에게 깊숙이 고개를 숙였다.

"부르셨습니까? 형님!"

"그래, 어서 와라. 일단 앉지."

"예, 형님!"

자리에 앉은 그들에게 유하가 술을 한 잔씩 돌리며 물었다.

"너희들이 모시고 있던 이충만 말이다."

"예, 형님. 그 사람 얘기는 왜……."

"이충만이 원래 무엇을 하던 사람이라고 했지?"

"대천에서 건달을 했었지요."

"아니, 젊어서 건달 말고도 뭘 했었다고 하지 않았나?"

곰곰이 생각에 잠겨 있던 그들이 무릎을 치며 말했다.

"아아! 형님은 원래 가수를 지망했었습니다!"

"가수?"

순간, 언더커버들은 고개를 갸웃거렸고 유하는 계속해서 질문했다.

"그럼 아직도 노래는 잘하겠네?"

"그렇겠지요. 회식 때 부르는 것을 보면 아주 환상적이었지 말입니다."

"흐음……."

그는 김미경에게 돌파구를 찾았다는 듯이 말했다.

"지금 당장 태상 ENT에 전화를 넣어. 내가 조만간 찾아가겠다고 말이야."

"무슨 일로……."

"듣자 하니 대국민 오디션을 우리가 후원한다더군. 그것에 대해 할 말이 있어서 말이야."

순간, 언더커버들이 눈을 동그랗게 뜬다.

"서, 설마…?!"

"그래, 놈을 대국민 오디션에 내보내면 그를 죽일 명분이 없어지는 셈이다."

"아아!"

유하는 충일 파 중간보스들에게도 지령을 내렸다.

"너희들은 이충만이 가수를 준비한다고 조직 내에 소문을 퍼뜨려라. 너희들도 전 보스가 괜히 목숨을 잃는 것은 원치 않겠지?"

"…물론이지요."

"그렇다면 신속하게 움직이는 것이 좋아."

"예, 알겠습니다!"

유하는 지금까지 그 어떤 조폭도 생각하지 못했던 전개를 펼쳐나가고 있었다.

제6장
사람의 목숨을 살리는 일

　충남 보령의 한 한적한 마을.

　이곳은 관광객들이 찾는 해변에서 자동차로 40분이나 떨어져 있는 오지다.

　이충만은 이곳에 자신이 살 만한 집을 마련하고 그 안에 각가지 편의시설들을 추가로 건설하는 중이었다.

　쿵쾅쿵쾅!

　한때 조직의 1인자였던 이충만은 모든 것을 내려놓고 고향인 보령으로 내려와 유유자적하게 살 생각을 하고 있었던 것이다.

그래서 지금 이 공사를 진행하는 동시에 중고 어선을 구매하여 하루 종일 낚시나 다니려는 계획을 세웠다.

그는 사우나와 창고 등을 짓고 있는 인부들에게 어제 잡은 고기로 만든 어죽 칼국수를 대접했다.

"한 그릇 들고 해."

"예, 형님."

이곳의 공사를 진행하는 사람들은 대부분 이충만의 고향 후배들이기 때문에 작업이 훨씬 빠르면서도 정겨운 맛이 있었다.

이충만은 자신이 직접 만든 칼국수를 함께 나누어 먹으며 산에서 딴 오디로 담근 술을 권했다.

"내 소유의 산에서 딴 오디야. 한 번 맛을 볼 텐가?"

"오디주! 좋지요!"

뽕나무 열매로 만든 오디는 부인병은 물론이고 남성의 정력에도 좋은 것으로 알려져 있다.

또한, 달콤하고 새콤한 과즙이 듬뿍 들어 있기 때문에 술을 담가 먹는다면 그 맛은 가히 일품이었다.

이충만은 동네 후배들과 나누어 먹는 이 새참이 얼마나 귀한 것인지 새삼 깨달았다.

'진작 낙향할 것을 그랬어…….'

그가 이곳까지 낙향하여 얻은 것은 목숨뿐만이 아니었다.

그동안 잊고 있었던 주변 사람들과의 일상적인 행복, 또한 이제까지 등한시했었던 가족과의 행복을 다시 되찾은 것이었다.

이충만의 아내와 딸들은 그가 건달 세계에서 발을 뺀 후, 급격하게 작아진 살림에도 불구하고 아주 만족스러운 생활을 이어가고 있었다.

"아빠, 나 언니랑 바다에 나갔다 올게!"

"그래, 알겠다. 너무 늦게 돌아오지 말고. 만약 늦었다 싶으면 삼촌들에게 전화하고."

"응!"

그의 두 딸은 이제 고등학교 3학년과 1학년이지만 벌써부터 바다에 나가 조개를 캐고 그것으로 젓갈을 담가 파는 등 가계에 도움을 보탰다.

딸들은 아버지가 굳이 용돈을 마련해 주지 않아도 자신들끼리 알아서 자급자족하며 바다의 풍요를 만끽하는 중이다.

이런 소소한 행복들을 진즉 깨닫지 못했던 자신을 자책하며 평생을 살아갈 이충만이다.

그는 자신과 함께 이곳 보령까지 기꺼이 따라온 아내의 손을 잡았다.

"한 잔 할 텐가?"

"대낮부터 술을?"

"뭐 어때? 한 잔쯤은."

"후후, 그래요. 한 잔 줘요."

아내는 이충만의 달달한 오디주를 받았고, 그것을 단숨에 넘겼다.

그러자, 이충만의 후배들은 숟가락으로 냄비를 두드리며 외쳤다.

탕탕탕탕!

"형수님, 노래 한 번 들어봅시다! 오랜만에 그 옥구슬 같은 목소리가 듣고 싶군요!"

"와아아아아아!"

"이놈들이……."

젊은 시절의 이충만은 아내의 마음을 얻기 위해 하루가 멀다고 보령에서 서울까지 원정을 다녔다.

그때, 그녀는 동네 음악다방에서 DJ를 하며 가수의 꿈을 키우던 가수 지망생이었다.

그녀의 음색은 근방에서도 알아줄 정도로 아름답고 고왔으며, 그 기교 또한 일품이었다.

하지만 딸을 잉태하면서 가수의 꿈을 접고 본격적으로 이충만을 내조하기 시작했던 것이다.

이충만의 아내 명진희는 슬그머니 자리에서 일어서더니 이내 창고로 향했다.

"어, 어디 가?"

"노래엔 악기가 있어야죠."

"와아아아아! 역시 화끈하십니다!"

그녀의 주특기는 통기타, 그 가락은 여전히 죽지 않아 가끔 평생학습관에 강사로 나가기도 했다.

명진희는 자신이 처녀 시절부터 써온 기타를 잡았다.

디리링—

"날 위해 울지 말아요, 날 위해 슬퍼하지 말아요~"

그녀의 입에서 나온 노래는 '미소를 띠우며 나를 보낸 그 모습처럼'이었다.

아름다운 그녀의 목소리와 고즈넉한 기타 소리가 한데 어우러져 환상적인 콜라보레이션을 이루었고, 이충만은 그녀의 목소리에 다시 한 번 청춘을 느낀다.

'아름답군……'

그제야 그는 자신이 왜 그토록 최고만을 꿈꾸며 살아왔는지 깨달았다.

그는 아내에게 떳떳한 사람이 되고자 그토록 앞만 보며 달려왔던 것이었다.

이충만은 그녀의 모습이 넋을 놓았고, 그의 후배들은 그녀의 노래가 끝나자마자 이충만에게로 숟가락을 돌렸다.

"형수님이 한 자락 하셨으니, 답가를 하셔야지요!"

"박수!"

"와아아아아아아아!"

이충만은 겸연쩍은 듯이 손사래를 쳤다.

"에이, 난 됐어. 내 노래를 들어서 자네들이 무슨 흥이 나겠어?"

"아닙니다! 형님 노래도 일품이잖습니까!"

"거참⋯⋯."

"맞아요. 오랜만에 당신 노래 좀 들어보고 싶네요."

"흐음, 그럼 한 자락만?"

"와아아아아아!"

이충만 역시 제2의 쎄시봉을 꿈꾸며 한창 포크에 빠져 젊은 날을 보냈던 사람들 중 하나다.

그의 음색은 대학로의 가객들이 인정했을 정도로 깊고 맑았으며, 그 맛이 과연 일품이었다.

이충만은 이내 아내의 기타를 잡았다.

디리리링—

"또 하루 멀어져간다, 내뿜은 담배 연기처럼⋯ 작기만 한 내 가슴 속에 무얼 품고 살고 있는지⋯⋯."

"크, 죽이는구먼!"

그의 깊고 맑은 음색에는 이제 연륜이 묻어 제법 곰삭은 맛을 내고 있었다.

김광석의 '서른 즈음에'는 이제 서른을 훨씬 넘긴 명진희와 그의 후배들의 가슴 속에 소나기처럼 감성의 비를 내려주고 있었다.

어떤 이는 술이 당기는지 연거푸 오디주를 넘기는 사람도 있었고, 담배를 꺼내어 불을 당기는 사람도 있었다.

이충만은 노래를 부르는 동안, 자신이 언제 가장 행복했었는지 떠올렸다.

'그래, 나는 노래를 부를 때 가장 행복했었구나!'

늦은 나이, 하지만 이충만은 다시 한 번 꿈을 펼칠 수 있을까 하는 의문을 가졌다.

*   *   *

늦은 밤, 이충만이 아내 명진희와 함께 마당 정자에 앉아 술을 한잔 걸치고 있었다.

꿀꺽—

"으음, 좋군."

"술이 달아요. 바람이 시원해서 그런가?"

"후후, 그럴 수도."

부부는 이제 중년으로 접어들었음에도 불구하고 예전 감성을 그대로 가지고 있었다.

손을 맞잡은 두 사람, 이제 이충만은 다시 가족을 등지고 살아가지 않을 것을 맹세했다.

"이제 다시는 그 세계에 발을 들이지 않을 거야. 내 목숨을 걸고 약속할게."

"그래요, 다시는 우리 세 모녀를 떠나지 말아요."

밤이 깊어갈수록 두 사람의 술자리도 깊어져가는 것 같았다.

하지만 바로 그때, 두 사람의 오붓한 술자리를 방해하는 한 사람이 나타났다.

"금슬이 더 좋아진 것 같군."

"…네, 네놈은?!"

이충만은 딱딱하게 굳은 얼굴로 자신을 찾아온 사내를 바라보며 묻는다.

"신강남……! 네놈이 여긴 어쩐 일이냐! 나는 분명 충일 파를 네놈에게 넘겼을 텐데!"

"아아, 그렇게 열을 낼 것 없어. 나는 더 이상 당신을 건달로 생각하지 않거든."

"그럼……."

"경고를 해주러 왔다."

"경고?"

"조만간 임경필이 너를 찾아올 것이다."

"…임경필이?"

이충만은 그만 이 술자리를 파하는 것이 좋겠다고 생각했다.

"…여보, 그만 일어나지."

"당신……."

"괜찮아. 별일 아니야."

"…알겠어요."

이윽고 그녀는 집으로 들어가 버렸고, 이충만은 신강남으로 위장한 유하를 자신의 옆으로 불러들였다.

"일단 좀 앉지. 얘기가 길어질 것 같은데."

"그럼 그럴까?"

유하는 자리에 앉아 그의 술을 받았다.

쪼르르—

"뽕나무 열매로 담근 술이라… 운치가 있군."

"내 산에 있는 열매로 담근 술이라 맛이 더 좋지."

이윽고 이충만은 곧바로 본론으로 넘어간다.

"그나저나 임경필이 나를 찾아올 거라니, 그게 무슨 말인가?"

"아직 소식이 닿지 않은 모양이군. 지금 채민준이 감옥에 들어가게 생겼다. 그것도 엄청난 수의 죄목들로 말이지."

"그 혐의들을 입증하기 힘들 텐데? 만약 그것이 쉬웠으면

이 땅에 건달이 살아갈 수 있겠나?'

"그러니까 문제지. 그 혐의들을 입증할 만한 증거들이 대거 나왔어."

"…뭐라?'

"어때? 이쯤 되니 상황이 어떻게 돌아가고 있는지 대충 파악할 수 있겠지?'

"젠장… 괜히 나만 피를 보게 생겼군. 놈들은 내가 자료를 넘긴 줄 알거야."

"그래, 그들은 당신이 조직에 미련이 남아 있다고 생각해. 그러니 이곳까지 임경필이 직접 행차하려는 것이겠지."

"답이 없군…….'

답답한 듯한 그의 얼굴, 유하는 그에게 해법을 제시했다.

"답이 아주 없는 것은 아니야."

"뭐라?'

"놈들에게 당신이 더 이상 조직에 뜻이 없다는 것을 보여주면 되는 것 아닌가?'

"…그게 쉬웠으면 내가 이러고 있겠나?'

"그래, 쉽지는 않겠지. 하지만 방법은 있다."

유하는 그에게 대국민 오디션의 지원 서류를 건넸다.

"이곳에 참가해서 본선에 올라가라. 그럼 살 수 있어."

"…뭐? 지금 나랑 장난하자는 건가?'

"대국민 오디션이라고 별것 있겠나? 그냥 노래만 잘하면 그만이야. 당신, 노래 하나는 잘하잖아? 당신의 아내도 그렇고."

"……."

"만약 대국민 오디션에 나가서 지금까지 살아온 인생에 대해서 소명한다면 그들 역시 당신을 쉽사리 건드릴 수는 없을 거야. 잘 알지? 요즘 SNS가 얼마나 무서운지. 그놈들이 바보가 아닌 이상 당신의 가족을 건드릴 수 있을까?"

"그렇지만 이 나이에 내가 무슨 수로 오디션에 통과할 수 있겠나?"

"그 방법은 나에게 물을 것이 아니라 가족들에게 물어야 하지 않겠나?"

지원 서류를 손에 쥔 이충만의 표정에 만감이 교차하는 것 같았다.

유하는 그의 어깨에 손을 올리며 말했다.

"내가 충일파를 습격한 것은 부친의 복수 때문이었다. 임경필, 그놈은 내 아버지의 원수야. 그놈을 쓰러뜨리자면 방법이 없었다."

"…지금 그런 얘기를 하는 이유가 뭔가?"

"나는 당신에게 개인적인 감정이 없었다는 뜻을 피력하는 것이지."

"······."

"개인적으로는 당신이 잘되었으면 좋겠어. 지금 사는 모습을 보니 그렇게까지 악한 사람은 아닌 것 같거든."

"고마워서 눈물이 다 나려는 군."

그는 이내 자리에서 일어선다.

"아무튼 잘 생각해봐. 최선이 무엇인지 말이야."

"······."

유하는 곧장 돌아섰고, 이충만은 깊은 고민에 빠져들었다.

*   *   *

다음날, 이충만은 가족들을 모아놓고 중대 발표를 선언했다.

"아빠, 오디션 나가기로 했다."

"뭐, 뭐라고?! 아빠가 오디션을 나간다고? 그 나이에?'

"···내 나이가 어때서? 나이가 많으면 가수가 될 수 없나?'

"그, 그건 아니지만······."

이충만은 위기에 처한 자신이 빠져나갈 구멍이 이곳밖에 없다는 생각을 하는 동시에 꼭 한 번 무대에 서고 싶다고 생각했다.

그래서 이번 오디션에 꼭 나가야겠다고 다짐한 것이었다.

두 딸은 아버지의 꿈이 조금 무모하다고 생각하고 있었지만 아내 명진희는 달랐다.

"함께 나가요."

"뭐, 뭐라고?! 엄마까지?!"

"왜 이래? 나도 한때는 가수가 꿈이었어. 지금도 그 꿈은 변함이 없고."

"하지만 그래도……."

"이제 너희들도 얼추 다 컸고 이만하면 노후 걱정도 없다고 생각해. 그러니 꿈을 한번 펼칠 수 있는 것 아니야?"

"으음……."

두 딸은 부모님이 가수의 꿈을 키운다는 소리에 조금 당황하면서도 그 모습이 아주 멋있다고 생각했다.

"좋아, 난 찬성."

"어, 언니?"

"뭐 어때? 요즘은 할아버지도 오디션에 나오는데. 우리 엄마, 아빠 정도면 젊은 편이지."

"그, 그래도……."

"꿈이 있다는 것은 좋은 거야. 우리는 이 어린 나이임에도 불구하고 꿈 하나 없이 살고 있잖아?"

그제야 그녀는 고개를 끄덕인다.

"그, 그렇긴 하지……."

이충만은 두 딸에게 자신의 꿈을 펼치기 위한 응원을 부탁했다.

"은하야, 은수야, 이 아빠가 도전할 수 있도록 도와줄 거지?"

"그래, 까짓것! 한번 해보자! 우리가 도와줄게!"

"후후, 고맙다!"

두 딸은 아버지에게서 지원 서류를 받아 핸드폰으로 사진을 찍고 그것을 곧장 방송사에 보냈다.

찰칵!

"자, 이제 보낸다! 보내면 돌이킬 수 없어!"

"알고 있어. 고마워."

"별말씀을!"

명진희는 자리에서 일어서 이충만의 손을 잡아 이끈다.

"오디션을 보려면 악기가 있어야죠. 당신, 기타 어디에 두었어요?"

"그, 글쎄? 어디에 두었더라……."

"아마 고향 어머니 댁에 있지 않겠어요? 당신은 기타를 모으는 것이 취미였으니 한 대 정도는 남아 있겠죠."

"으음, 그럴까?"

이충만은 보령에서 처음 건달 세계에 입문하여 서울로 상경한 사람이다. 당연히 이곳에서도 돈을 조금이나마 만졌었다는 소리다.

때문에 지금 그의 고향집에는 꽤 많은 기타가 모여 있을 터였다.

"가요. 가서 기타를 가지고 오자고요."

"아빠, 가자!"

이충만은 세 여자의 성화에 못 이기는 척 일어섰다.

"그래, 가자!"

"와아아아! 가자!"

네 식구는 보령 외곽에 있는 이충만의 본가로 향했다.

                    *   *   *

이충만의 아버지는 어려서 간암으로 돌아가시고 어머니는 심장마비로 돌아가셨다.

또한, 이충만의 형제들은 깡패 형이 싫다면서 일찌감치 등을 돌렸기 때문에 본가에는 사람이 없었다.

끼이이익―

허름한 슬레이트 지붕으로 개조한 한옥은 이제 그 세월을 너무 많이 타버려서 대문도 제대로 열리지 않았다.

하지만 1년에 한 번씩 집을 정리해준 마을 이장 덕분에 집 안은 생각보다 깔끔한 편이었다.

이충만은 자신이 기거했던 방으로 다가가 그 문을 열었다.

드르르륵—!

그러자, 그 안에 들어 있던 기타들과 악보들이 가족들을 맞이했다.

"우와! 이게 다 아빠 거야?"

"그래, 그렇단다. 이야, 이것 참… 도대체 얼마 만에 집에 와보는 것인지 모르겠네."

이충만은 두 평 남짓한 자신의 방에 일렬로 진열되어 있는 기타와 악보들을 손으로 만져보았다.

두르르르릉—!

워낙 오래 방치되어서 그런지 기타 본체에 줄이 다 늘어나버려 소리가 조금 둔탁했지만 워낙 명성이 자자한 기타 장인이 만들었던 터라 기타는 여전히 살아 있었다.

"좋아, 이 정도면 충분히 기타를 칠 수 있겠어."

"다른 것은 필요 없어?"

그는 딸들의 질문에 방을 둘러보더니, 이내 자신이 사용하던 책상의 서랍을 열었다.

그러자, 오래된 피크와 비밀 노트들이 모습들 드러냈다.

"짜잔!"

"이게 뭐야?"

"각종 기교들과 타브 악보들을 모아놓은 비밀노트야."

"아하, 타브!"

타브 악보는 기타의 음계가 아닌 기타 현의 위치를 숫자별로 정리하여 만든 악보다.

모르는 사람이 본다면 그저 쓸모없는 종이에 불과하지만 기타를 치는 사람에겐 일종의 레시피라고 볼 수 있다.

"이것만 연습해도 충분히 예선은 통과하겠지."

"당신, 이런 것들은 도대체 언제 마련했어요?"

"언제인가, 보령에 전설의 기타리스트 태중민이 온 적이 있어. 그때 술값 50만 원을 써가면서 잠시 사사를 받았지."

"아하!"

태중민은 이제 세상에 없는 사람이지만 여전히 한국 기타계의 거장으로 불리는 인물이다.

당시, 이충만은 기타에 푹 빠져 있었던 터라 그가 방문한다는 소식을 듣자마자 악보를 들고 무작정 찾아갔던 것이다.

"그 아저씨 장례식에도 갔었어. 하지만 이 악보에 대한 얘기는 유족들에게 꺼내지 않았지."

"그렇구나."

타브 악보에 나온 것은 그가 죽기 전에 마지막으로 만들었지만, 세상엔 공개되지 않았던 신곡이었다.

당시, 태중민은 그 타브 악보가 쓰레기라며 술값 50만 원에 그것을 이충만에게 팔아버렸다.

아마 이것이 세상에 나간다면 사람들은 그저 좋은 음악이라며 칭찬하겠지만 전문가들은 무릎을 칠 것이다.

지금 태중민의 주법과 스타일은 많은 기타리스트들에게 영감을 주었기 때문에 신곡을 들으면 어렴풋이 그의 흔적을 느끼게 될 것이다.

이충만은 이것을 오디션에서 불러 태중민을 다시 한 번 기억하게 만들고 싶었다.

"가자. 이것을 연습해서 다시 대중에게 태중민 선생을 알리는 거야."

"그래, 좋아!"

오랜만에 가족들의 얼굴에 흥미진진한 표정이 가득했다.

*　　　*　　　*

늦은 밤, 이충만은 태중민의 유작 '꽃이 지는 의미'를 연주하고 있었다.

띠리리링—!

잔잔한 선율에 담백한 기교, 이것이야말로 태중민을 대표하는 스타일이라고 할 수 있었다.

이충만은 그 곡을 몇백 번이고 더 연습했고, 이제는 그 곡을 완벽하게 마스터했다고 할 수 있었다.

하지만 그는 여전히 자신이 곡의 느낌을 잘 살리지 못한다고 생각했다.

"부족해……."

그러나 명진희는 그런 그에게 꽃이 지는 의미에 대한 고찰을 한 마디로 표현했다.

"꽃이 지는 의미는 아쉬움이에요. 자신이 못 다한 것에 대한 미련과 아련함이 그대로 표현되어야 한다는 소리죠."

"흐음……."

"지금 당신의 곡은 완벽해요. 이대로 오디션이 나간다면 충분히 승산이 있어요."

"그럴까?"

"물론이죠."

그녀는 이충만의 손을 꼭 잡으며 말했다.

"우리는 할 수 있어요. 당신과 내가 함께한다면 못할 것은 없어요."

"그래, 그렇지. 내겐 당신이 있지."

불타오르는 두 사람의 눈빛, 바로 그때였다.

똑똑.

"크흠! 거기 두 사람?"

"…분위기를 깨는군."

"애정 행각을 하는 것은 좋은데 딸들 생각도 좀 해주시지?

아직까지 남자 손 한 번 못 잡아본 모태솔로라고."

"쩝, 그랬나?"

두 딸은 부모님의 애정행각을 애써 갈라놓으며 이번 오디션의 일정을 인쇄한 종이를 건넸다.

"바로 내일부터 심사야. 심사에 통과하면 바로 본선에 올라갈 수 있다는 소리야."

"으음, 그렇군."

"그러니 오늘은 일찍 자는 편이 좋을 것 같아. 컨디션이 좋아야 노래도 잘 부르지."

"그래, 알겠구나."

명진희는 두 딸을 데리고 2층으로 올라가 잠을 청하기로 했다.

"여보, 그럼 나는 이만 잘게요. 당신도 얼른 정리하고 자."

"그래, 알겠어."

세 모녀를 2층으로 올려 보낸 이충만은 여전히 손에서 기타를 놓지 못한다.

'마지막 기회다. 내 인생의 마지막⋯⋯.'

그는 밤이 늦도록 연주에 몰입하고 있었다.

*　　　*　　　*

다음날, 자리에서 일어난 이충만은 손목 통증을 호소했다.

"으윽, 손목……!"

"아빠! 어제 또 연습했어?"

"아직까지 좀 부족한 것 같아서……."

"왜 그랬어! 컨디션이 최상이라도 모자랄 판에 이런 부상이라니!"

"…어쩔 수 없지. 그냥 하는 수밖에……."

명진희 역시 과도한 연습으로 인해 퉁퉁 부어버린 손목을 바라보며 속상한 듯이 울상을 지었다.

"어쩌지…?"

"미안해. 괜히 나 때문에……."

이제 이충만은 기타 없이 오로지 목소리로만 오디션에 응모해야 하는 상황에 놓이게 되었다.

하지만 바로 그때, 예상치도 못한 사람이 이들에게 다가왔다.

빵빵!

"누구야? 이 아침부터?"

무심코 창문을 바라본 이충만은 은색 승합차를 타고 나타난 유하를 발견했다.

"어이, 아저씨! 어서 나와! 시간이 별로 없어!"

"…신강남?"

의아한 듯 고개를 갸웃거리는 이충만과 세 모녀는 일단 그의 차를 타기로 했다.

"저 오빠 그때 그 오빠지?"

"……."

"일단 타자! 아빠 손목이 이래서 운전이나 제대로 하겠어?"

"하지만……."

"가자! 늦겠어!"

"하지만……."

"지금 그런 것을 가릴 처지가 아니잖아요? 일단 저 청년을 따라서 가자고요."

"휴우……."

어쩔 수 없이 세 모녀의 손이 이끌려 밖으로 나온 이충만, 유하는 그런 그에게 물약을 하나 건넸다.

"자, 받아."

"이게 뭔가?"

"마셔보면 알아."

이윽고 유하는 세 모녀에게 피로회복제를 건넨다.

"자, 마셔요. 정신이 아주 말끔해질 겁니다."

"피로회복제? 무슨 매니저 같네?"

"후후, 일일 매니저라고 생각하십시오."

유하는 이내 그녀들을 자리에 앉힌 후, 곧바로 가속페달을 밟았다.

"조금 빨리 갈 겁니다! 꽉 잡아요!"

부아아아앙—!

"꺄악!"

"이, 이봐……."

"보령에서 열리는 오디션은 대전으로 자리를 옮겼어. 시간이 없단 말이야."

"뭐, 뭐?"

그제야 딸들은 인터넷 스케줄을 확인했고, 자신들이 일정을 잘못 확인했다는 것을 깨달았다.

"이, 이런…?!"

"아마 그 스케줄 표는 작년에 있던 것을 업데이트 하지 않아서 생긴 문제일 거야. 주최 측의 잘못이지만 어쩔 수 없지. 보령에는 사람이 별로 없으니까."

"그, 그럼 어떻게 해?"

"참가할 수 있어. 나만 믿으라고."

유하는 자신만만한 표정으로 차를 몰았다.

＊　　　＊　　　＊

같은 시각, 대전에서 열리게 된 대국민 오디션 현장에는 때 아닌 게릴라 콘서트가 열리고 있었다.

빠바바바밤!

"와아아아아아아아!"

"레이, 레이, 레이!"

초대형 신인으로 알려진 레이가 게릴라 콘서트를 연다고 선언하는 바람에 오디션 현장이 갑자기 콘서트 장으로 변해 버린 것이다.

주최 측은 행사의 시간을 2시간 연장하는 것으로 합의했고, 심사위원들은 한껏 불만을 표출한다.

"이게 도대체 무슨 말도 안 되는 경우야?! 우리가 저 애송이 때문에 이러고 앉아 있어야겠어?!"

"그럼 어째? 행사의 가장 큰 스폰서가 다짜고짜 스케줄을 바꿔야겠다고 난리인데."

"젠장…! 그놈의 태상그룹 놈들……!"

태상그룹은 엔터테인먼트에도 꽤 큰 영향력을 가지고 있었는데, 대국민 오디션을 주관하는 방송사의 대주주이기 때문이었다.

때문에 그들의 한 마디면 행사가 취소되는 것도 무리는 아니었다.

그런 그들이 돌연 행사 스케줄을 바꿔야겠다고 일방적으

로 통보했고, 방송사는 어쩔 수 없이 중간에 게릴라 콘서트를 집어넣을 수밖에 없었던 것이다.

덕분에 관람객들은 눈과 귀를 호강하게 되었지만, 주최 측은 난감하기 이를 데가 없었다.

그런 가운데 저 멀리서 태상그룹의 전무이사라는 신강남이 부리나케 달려오고 있다.

"이봐요! 당신들!"

"뭐야? 저 사람은?"

"태상그룹 신강남 전무 아니야?"

"전무?"

오늘의 오디션 평가관인 가수 예지나는 신강남이라는 청년을 바라보며 고개를 갸웃거린다.

"저런 기생오라비가 전무이사라고?"

"쉿! 조용히 해! 듣겠어……."

이윽고 신강남은 고개를 돌려 예지나를 바라보며 물었다.

"맞아요. 이런 기생오라비가 전무이사를 맡고 있습니다. 그게 잘못은 아니죠?"

"…뭐, 그렇긴 하죠."

신강남은 상당히 바쁜 태도로 일관하며 말했다.

"오늘 오디션은 최대한 공정하게 진행해야 합니다. 나이, 성별 상관없이요. 목소리가 낡았다거나 뭐, 그런 말도 안 되는 핑계는 집어치우란 말입니다. 알겠어요?"

"…안 그래도 그렇게 할 작정이에요. 그러니 그런 말도 안 되는 소리부터 집어치우시죠."

예지나의 반격에 신강남은 미소를 지었다.

"그럼 제가 이 말도 안 되는 소리를 집어치우겠습니다. 그럼……."

자신의 말을 모두 마친 그는 이내 홀연히 사라져 버렸고, 예지나는 짜증 섞인 투덜거림을 내뱉는다.

"저 자식, 뭐야?!"

예지나는 오늘 일진이 사나워 스케줄이 끝나면 술이라도 한잔 마셔야겠다고 생각한다.

제7장
대국민 오디션

　유하는 아이돌 출신에 인기 가수인 예지나에게 최면과 비슷한 효과를 내는 도술을 걸었다.

　이충만은 너무 오래도록 노래를 부르지 않은 사람이기 때문에 자칫, 첫 무대에서 긴장할 수도 있다.

　그렇기 때문에 대국민 오디션의 심사위원이 그를 좋은 시선으로 바라봐야 감점을 당하지 않을 수 있을 것이었다.

　때문에 유하는 그녀에게 이충만 같은 사람은 모두 합격시키도록 만든 것이다.

　"잘돼야 할 텐데……."

유하는 이제는 마음을 잡고 처자식을 건사하고 있는 이충만이 조직의 칼에 당하는 것을 가만히 두고 볼 수가 없었다.

그래서 임경필이 손을 쓰기 전에 자신이 먼저 대국민 오디션에 합격시켜 오명을 씻어낼 수 있도록 한 것이다.

그는 태어나 처음으로 갑질이라는 것에 손을 댔고, 그 결과는 오디션에 이충만이 정상적으로 참석할 수 있었다.

다만, 문제가 하나 있다면 그의 손이 부어 제대로 연주를 할 수 없다는 것이었는데, 유하는 그것을 도환으로 해결했다.

도환은 기본적으로 자연의 기운을 응축시킨 것이기 때문에 모든 것을 치유시키는 능력을 가지고 있다.

때문에 일반인이 이것을 섭취하게 되면 상처 부위가 빨리 아물고 피로가 말끔하게 회복되는 효과를 기대할 수 있다.

유하는 이것을 이충만에게 먹여 부상을 당한 손목을 보호할 수 있도록 손을 쓴 것이었다.

덕분에 그의 손목은 점점 좋아지고 있었지만, 그로 인한 심리적 부담감은 어떻게 손을 쓸 수가 없었다.

'이제 모든 것은 하늘의 뜻에 맡기는 수밖에.'

그는 이제 예선 마지막 참가자인 이충만과 명진희 팀을 초조한 눈으로 바라보고 있다.

원래 예선은 TV를 통해 나가지 않기 때문에 관계자가 아니면 관람을 할 수가 없다.

하지만 유하는 이 방송사의 대주주인 태상그룹 소속이기 때문에 충분한 자격이 되었던 것이다.

"참가번호 561번, 앞으로 나오세요."

"네, 알겠습니다."

이충만 부부는 정갈하게 맨 기타를 들고 심사위원들 앞에 섰다.

"후우……."

잔뜩 긴장한 표정의 이충만, 그런 그를 다독이는 사람은 다름 아닌 명진희였다.

'긴장하지 말아요. 우리는 할 수 있어요.'

그러자, 그의 얼굴이 서서히 피어오르는 것 같았다.

"자, 그럼 시작할까요?"

"네, 그러지요."

디리링—

드디어 시작된 예선, 이충만과 명진희는 비교적 신세대의 곡으로 승부하기로 했다.

"나의 눈물 속에 네 모습, 아직까지 남아 있어~"

두 사람이 선곡한 노래는 '사랑보다 깊은 상처'로, 중년인들은 잘 모를 수도 있는 노래다.

하지만 워낙 음악을 좋아하는 그들이다 보니 충분히 노래를 외우고 있었던 것이다.

"너 떠나고, 너의 미소, 볼 수 없지만~"

완벽한 화음과 하모니, 심사위원들은 두 사람의 점수를 상당히 높게 평가할 것 같았다.

'돼, 됐다!'

하지만 바로 그때, 변수가 일어나고 만다.

팅!

"허, 허억!"

노래 도중에 기타 줄이 끊어지는 바람에 이충만이 연주를 할 수 없는 상황에 놓이게 되었다. 그와 동시에 그는 노래의 한 음을 놓치는 실수를 범하고 말았다.

"하, 항상, 기, 기억……."

"흐음……."

점점 굳어지는 심사위원들의 표정, 하지만 명진희는 그의 손을 다잡으며 노래를 이어나간다.

"사랑보다 깊은 상처만 준 나, 이젠 깨달았어, 후회하고 있다는 걸~"

짧다면 짧고 길다면 긴 노래를 마무리한 두 사람, 이제 남은 것은 심사위원들의 날카로운 지적을 받는 것뿐이었다.

"중간에 실수를 하셨군요."

"예, 그렇습니다."

"저는 탈락 드립니다."

"저도요."

아쉬운 표정의 두 사람, 하지만 이변은 여기서 일어났다.

"전 합격이요."

"뭐, 뭐라고요?"

"저는 합격 드릴게요. 두 분의 모습이 너무 아름다웠어요. 실수는 용납할 수 없는 것이지만, 사랑은 아름다운 것이니까요."

예선에선 심사위원 한 명만 통과를 줘도 자동으로 본선에 올라가도록 되어 있다.

고로, 두 사람은 합격의 축배를 들 수 있게 된 것이었다.

"내일, 본선에서 봅시다."

"감사합니다!"

두 사람은 합격 필증을 발부받았다.

내일부터 시작될 본선 녹화에 참여할 수 있게 된 것이다.

유하는 그제야 조마조마한 가슴을 잠시 내려놓았다.

'십년감수할 뻔했군…….'

그러나 이제부터가 진짜 난관이라고 할 수 있었다. 왜냐하면 유하가 써먹은 기술은 같은 사람에겐 두 번 다시 통하지 않기 때문이다.

이제부터는 두 부부의 힘으로 승부해야 할 때가 온 것이었다.

＊　　　＊　　　＊

다음날, 대전 무역전시관에서 본선 녹화가 진행될 예정이다.

유하는 네 가족의 숙소를 유성에 있는 호텔로 정해 주었고, 행사장에 족히 10분이면 당도할 수 있도록 배려했다.

호텔에서 행사장으로 가는 길, 유하는 직접 그들을 픽업하여 가는 중이었다.

부아아앙―

잔잔한 엔진소리가 울려 퍼지는 가운데, 이충만이 유하에게 물었다.

"한 가지만 묻지."

"그래."

"도대체 우리에게 이렇게 잘해 주는 이유가 뭔가?"

"그게 그렇게 궁금한가?"

"사람이 호의를 베풀 때엔 다 이유가 있는 것 아닌가?"

유하는 슬그머니 미소를 지었다.

"안타까웠거든."

"안타까워?"

"당신들의 가족이 뿔뿔이 흩어지게 되는 것, 나는 그것이 세상에서 가장 싫었다. 그것 외에 다른 의미는 없어."

"…그렇군."

그는 지금까지 아버지가 없는 소년 가장으로서 겪어야 했던 설움을 오로지 혼자만의 힘으로 극복해 왔다.

그런 그에게 한 가정의 아버지가 사라진다는 것은 도저히 눈을 뜨고 지켜볼 수 없는 일이었던 것이다.

그래서 그는 이렇게까지 이충만을 돕고 있었던 것이다.

"아무튼 이번 본선에서 잘해야 살 수 있다. 명심해."

"물론이지."

두 사람은 서로의 눈을 바라보며 살며시 고개를 끄덕였다.

오후 3시 대전 무역전시관.

이충만이 참가한 오디션의 본선이 열렸다.

오늘 본선에는 총 300명의 참가자가 무대에 오르게 되는데, 탈락자들은 패자부활전 없이 곧장 집으로 돌아가게 된다.

이번 본선에서 살아남아 2차 본선에 들어가게 될 사람의 수는 50명, 치열한 접전이 예상되고 있었다.

이충만과 명진희는 5번 참가자로 일찌감치 본선무대에 오르게 되었다.

"자, 다음 참가자 나오십시오."

사회자의 소개를 받은 이충만과 명진희 부부는 통기타를

하나씩 매고 무대에 올랐다.

그들의 나이는 이제 중년, 심사위원들은 다소 부담스러운 눈으로 그들을 바라봤다.

"나이가 좀 있으시군요?"

"예, 그렇습니다."

"중년의 나이에 이런 무대에 서기가 쉽지 않았을 것 같은데, 그 이유가 궁금하군요."

이충만과 명진희는 서로의 손을 꼭 잡은 채 말했다.

"제 아내는 젊어서 음악다방 DJ를 하면서 가수의 꿈을 키웠습니다. 그 당시엔 주변에서 목소리 좋다고 소문이 자자했고요. 하지만 이 못난 저를 만나서 꿈을 접게 되었습니다. 큰 아이를 잉태했거든요."

"아아……."

"그 이후로 19년, 둘째를 낳은 아내는 매일이 전쟁이었습니다. 저 역시 치열한 삶을 살았고요. 물론, 지금 저는 은퇴하고 고향으로 낙향했습니다. 이제는 하고 싶은 음악을 마음껏 할 수 있는 시간과 물질적 여유가 되지만 세월이 너무 많이 지나버렸더군요."

"왠지 안타까운 얘기군요."

두 부부는 고개를 가로저었다.

"아닙니다. 이젠 꼭 가수가 되지 못해도 한 번쯤 무대에 올라 노래를 부를 수 있는 기회를 기다리는 마음으로 살고 있습니다. 나중에는 저희 둘이 마음껏 무대에 오를 수 있도록 라이브 카페도 차릴 것이고요."

"그렇군요."

명진희는 이충만의 과거에 대한 얘기를 꺼낸다.

"남편은 지금까지 가정을 위해 한 몸 부서지도록 일해 왔습니다. 모든 아버지가 그러하겠지만, 힘든 시절을 두 주먹 하나로 버텨낸 것이지요. 특히나 제 남편은 남들이 다 손가락질 하는 그런 직업을 가졌었습니다."

"손가락질을 하는 직업이라면……."

"암흑가에서 보스로 군림했었습니다."

순간, 심사위원들의 표정에 당혹감이 스친다.

"그, 그런 얘기를 방송에서 해도 될까요?"

"이제는 지난 얘기니까요. 지금은 고향에서 작은 낚싯배 한 척 띄우는 것이 낙인 사람입니다. 암흑가와는 아예 인연을 끊어버렸지요. 원수도, 옛 동료들도 모두 연을 끊었습니다. 그 사람들도 그것을 잘 이해했고요."

"그런 사연이……."

"하지만 남편도 한 때는 가수를 꿈꾸던 사람입니다. 뒷골목에서 주먹을 쓰며 살아가던 사람이지만 가슴 속에는 따뜻한 감성이 살아 있었지요. 이 사람도 대학로에선 꽤나 알아주

던 사람이에요."

바로 그때, 심사위원들 중 한 명이 이충만과 명진희를 알아봤다.

"혹시 부인께서 '가을비'의 DJ이셨고, 부군께선 대학로 버스킹을 하지 않으셨는지요?"

"네, 맞습니다."

"아하! 그렇군요! 저도 잘 압니다! 저 역시 그때 그 근방에서 버스킹을 하고 다녔거든요!"

이충만 부부는 아련한 미소를 지었다.

"저도 잘 압니다. 가수 김정문 씨. 그 당시에는 저희 옆 음악다방에서 아르바이트를 하면서 가수를 꿈꾸셨지요. 물론, 지금은 기라성 같은 사람이 되셨지만요."

"하하, 벌써 20년이나 지난 얘기군요."

우연치 않게도 이충만 부부가 있었던 그곳에서 함께 가수의 꿈을 키웠던 사람이 심사위원 자리에 앉았다.

이 또한 행운이라고 할 수 있겠지만, 이 행운도 젊은 날의 노력 덕분에 생긴 우연이라고 할 수 있을 것이다.

그제야 가수 김정문의 눈빛이 초롱초롱하게 바뀌었다.

"이야… 이분들이야말로 7080 통기타 세대의 산증인이라고 할 수 있지요. 저는 이분들의 노래가 너무 기대가 됩니다."

"그 정도로 유명하신 분들이었나요?"

"뭐, 가수 데뷔만 하지 않았다 뿐이지, 아는 사람은 다 알고 있었습니다."

"그렇군요."

세 명의 심사위원들은 이제 그들의 노래를 들어보기로 한다.

"그럼 노래 한 곡 청해 볼까요?"

"물론이죠."

저번보다 훨씬 더 여유로워진 부부는 이충만의 선창으로 노래를 시작했다.

딩딩딩딩—

"오랫동안 숨을 참아 봤어요, 끝까지, 끝까지, 끝까지……."

오늘 그들이 선곡한 노래는 얼마 전에 출시되었던 '갈 곳이 없어' 였다.

이 노래는 원래 애절한 여가수의 목소리가 특징인 곡이지만, 두 사람은 이것을 듀엣으로 편곡하여 부르기로 했던 것이다.

이충만의 깔끔한 음색과 멋들어진 기교, 그것이 곡의 시너지를 받아 전율이 일어날 정도의 감동을 선사했다.

심사위원들은 이충만이 입을 뗀 순간부터 노래에 몰입하

기 시작했고, 브릿지에 들어가선 명진희의 음색에 다시 한 번 놀라게 되었다.

"우… 내가 가졌던 사랑, 사랑 다, 다 잊어버렸어……."

그녀의 음색이 입을 뚫고 나오는 순간, 김정문은 깊은 한숨을 푹 내쉬었다.

"후우… 어디 담배 없나? 속이 타는군……."

"그러게 말입니다. 술 한 잔 간절히 생각나는 노래군요."

지금의 계절은 가을에서 겨울로 넘어가고 있으니, 이런 쓸쓸한 노래가 감성을 이끌어내는데 큰 몫을 했을 것이다.

거기에 두 사람이 만들어낸 애절함이 더해지니, 감동은 이미 따 놓은 당상이었다.

이윽고 그들의 노래가 클라이맥스로 향했다.

"그대는 여름처럼, 그대는 겨울처럼, 눈물과 맘을 뜨겁게, 또 시리게……."

"목이 타게, 손이 차게, 날 버려두고 가지만… 난 갈 곳이 없어……."

노래가 절정에 이를수록 심사위원들은 점점 더 넋을 놓고 그들의 목소리에 집중했다.

그리고 이내 2분여간의 짧은 노래가 끝이 났지만 심사위원들은 아무런 말도 꺼내지 못했다.

"……."

"감사합니다……."

그렇게 약 30초간 아무런 말도 꺼내지 못했던 심사위원들이 하나둘 입을 열기 시작했다.

"…뭐가 드릴 말씀이 없네요."

"쩝, 소주가 생각나는 순간이네요."

"잘 들었습니다. 이 말밖에는 드릴 말씀이 없군요. 정말 잘 들었습니다."

순간에 흐른 정적 때문에 조금 긴장했던 두 부부는 그제야 환하게 웃었다.

"감사합니다!"

"앞으로도 계속 이런 음악을 해주시길 부탁드립니다. 고맙습니다."

"감사합니다, 감사합니다!"

이렇게 하여 본선을 통과한 두 부부는 합격을 증명하는 팔찌를 받게 되었다.

* * *

유하와 두 자매는 도대체 본선이 어떻게 치러지고 있는지 궁금해서 도저히 참을 수가 없을 지경이었다.

"잘하고 있겠지?"

"물론이지."

"만약 떨어지면……?"

"떨어져도 하는 수 없지. 하지만 오늘의 도전은 두 분에게 큰 의미가 되지 않을까?"

"그렇군요……."

잠시 후, 그들의 앞에 알쏭달쏭한 표정의 두 부부가 모습을 드러냈다.

"어, 엄마? 아빠? 어떻게 되었어?"

"……."

"엄마! 어떻게 되었냐고?!"

"…됐어!"

두 사람은 나란히 차고 있는 팔찌를 보여주었고, 두 딸은 두 팔을 벌려 부모님을 와락 끌어안았다.

"와아아아! 됐다! 우리 엄마, 아빠가 본선에 올라갔어!"

"하하, 하하!"

이 화목하고 다복한 가정, 유하는 자신도 모르게 미소를 지었다.

그는 이제 이 가정이 지켜지도록 뒤에서 자신이 노력하리라 마음먹었다.

*　　　*　　　*

서울 태상그룹 본사, 이충만을 잡기 위해 만발의 준비를 마쳤던 그들은 일순간 모든 것을 내려놓게 되었다.

그가 이 사건에서 이미 발을 빼기 위해 대국민 오디션의 본선에 올랐기 때문이다.

임경필은 자신이 직접 부하들을 이끌고 내려가려다 모든 움직임을 멈출 수밖에 없었다.

"젠장… 이놈이 꼼수를 부린 건가? 아니면 정말로 조직에 뜻이 없기 때문인가?"

"아무래도 조직에는 큰 뜻이 없는 것 아니겠습니까? 그렇지 않고선 대국민 오디션까지 나왔을 리가 없지요. 잘하면 가수에 데뷔할 수도 있는 자리인데 말입니다."

"흐음……."

태상그룹의 수뇌부는 그가 젊은 시절에 가수를 꿈꾸었던 것을 이미 알고 있었다.

그래서 그가 오디션에 나와 본선에 올랐을 때, 그 결과가 당연하다고 생각하고 있었다.

"아무래도 이충만은 목표에서 제외하는 것이 어떨까 싶습니다."

"…그래야 할 것 같군."

아무리 임경필이라곤 해도 이미 방송에 얼굴이 알려진 사람을 함부로 어떻게 할 수는 없는 노릇이었다.

더군다나 일반인은 어지간해선 건드리지 않는 건달들의 세계에서 이미 도태되어버린 그들을 치는 것은 수치에 불과했던 것이다.

유하는 그런 그들에게 쐐기를 박는 말을 전했다.

"제 생각엔 내부에 공조자가 있는 것으로 생각됩니다. 외부에서 일을 벌였을 가능성은 없다고 봅니다."

"스파이가 있는 것 같다?"

"그렇지 않고선 일이 이렇게 쉽게 꼬일 리가 없으니까요."

경찰의 끄나풀이나 다름이 없는 유하이지만 스스로 단서를 제공함으로서 용의선상에서 빠져나가려는 생각이었다.

일단 임경필을 회사에서 멀리 보내놓은 후엔 곧장 전쟁이 벌어지도록 유도할 것이니, 지금은 한 수 물러나는 것이 상책이다.

임경필은 모든 수뇌부를 자리에서 물렸다.

"다 나가라. 머리가 아프군."

"예, 회장님."

"아참, 넌 남도록."

그는 돌아서는 유하를 지목했고, 지목을 받은 유하는 이내 고개를 숙였다.

"예, 알겠습니다."

이윽고 자리에 앉은 유하, 임경필은 그에게 담배를 한 개비 권했다.

"피울 텐가?"

"감사합니다."

하바나산 담배를 곱게 갈아서 만든 시가를 한 대 피워 문 임경필은 잔뜩 일그러진 표정으로 유하에게 물었다.

"네가 보기에 이 그룹 내부에 숨어 있을 첩자는 누구일 것 같나?"

"채민준 총괄이사와 가장 가까운 사람 중 하나겠지요."

"가장 가까운 사람이라……."

"확률로 따지자면 이사직 이상의 사람들이 관련되어 있지 않겠습니까?"

"그럼……."

"제가 만약 회장님이라면 저를 가장 먼저 의심하겠지요."

유하는 스스로를 제1용의자로 지목하여 먼저 혐의를 벗겠 다고 생각했다.

그러한 의도는 적중했고, 임경필은 유하에게 몇 가지 질문 을 건넸다.

"너는 얼마 전에 이 조직에 들어온 사람이다. 원래는 어떤 일을 하고 있었지?"

"고향에서 시정잡배로 굴러먹었습니다. 그러다 부모님이

돌아가시고 큰 사업을 하고자 마음을 먹었지요. 줄줄이 딸린 동생들을 건사하자면 그 방법밖엔 없었습니다."

"그래서 혈혈단신으로 서울에 상경한 것이었군."

"예, 그렇습니다. 그 이후엔 충일 파를 접수하여 단박에 거두가 될 생각이었습니다."

"으음……."

솔직하고 담백한 유하의 말투에 그는 조금씩 의심을 지우는 것 같았다.

"신강남이라고 했나?"

"예, 회장님."

"너를 제외한 다른 용의자들을 가려낼 수 있는 능력이 자신에게 충분하다고 생각하나?"

"아직 부족하지요."

"…좋다. 그런 겸손함이 마음에 드는군. 하지만 내가 내사를 맡기자면 자신감이 필요하다. 맡긴다면 잘할 자신은 있나?"

"노력하겠습니다. 이 세상에 노력으로 안 되는 일은 없다고 생각합니다."

"그래, 그런 자세면 되었다."

그는 유하에게 자신의 직인이 찍힌 카드를 한 장 건넸다.

"회사의 마스터키다. 이것이 있으면 전산의 이동경로를 파

악할 수 있다. 이것으로 수뇌부를 감시할 수 있겠나?'

"물론입니다. 하지만 제가 내사를 하다 발각이 되면 조직이 분열될 수도 있습니다만?'

"괜찮다. 어차피 썩은 부분은 도려내는 것이 옳아."

"예, 알겠습니다. 그럼 최선을 다해서 조사하겠습니다."

"그래."

유하는 이내 그에게 고개를 숙인 후, 돌아섰다.

*   *   *

태상그룹 전무이사 실, 유하는 마스터키를 이용하여 그룹 내부의 자료들을 면밀히 검토해 보았다.

지금까지 그들이 벌여왔던 암흑가의 사업들과 범법행위들, 유하는 이 정도 규모의 자료라면 정말 채민준을 감옥으로 보낼 수도 있다고 생각했다.

"나에게 절대반지를 물려준 셈이군."

유하는 그 자료들을 살펴보면서 이것이 임경필이 자신에게 내린 또 하나의 감시망이라는 사실을 알 수 있었다.

그룹의 비자 금줄을 모두 다 틀어쥐고 있는 태상그룹의 마스터키를 건넸다는 것은 앞으로 경찰이 또 다른 증거를 잡았을 때엔 반드시 유하가 범인으로 몰릴 수밖에 없다는 소리였다.

한마디로 그는 투수가 직구를 던져 타자의 방망이에 공을 맞춰 잡는 전략에 휘말리게 된 것이었다.

"나를 맞춰 잡겠다는 요량인 모양이군."

하지만 어차피 유하의 생각은 채민준을 감옥에 보내는 것이 아니기 때문에 더 이상의 자료들은 필요하지 않았다.

아니, 차라리 이런 자료들은 그룹 내부에 남아 있지 않는 편이 좋다.

그는 마스터키를 이용하여 보안 체계를 더욱 강화하기로 했다.

유하는 인터폰으로 비서실장으로 새로 역임하게 된 정미주를 호출했다.

"정미주 씨, 혹시 프로그래머를 섭외해 줄 수 있습니까?"

―나쁜 쪽으로 사용하실 건가요?

"아닙니다. 회사의 보안 체계를 손볼 겁니다. 해줄 수 있어요?"

―알겠습니다. 내일까지 접선할 수 있도록 조치하겠습니다.

"고마워요."

이제 이 자료들을 손보고 필요한 자료들을 뺀 나머지들은 전부 삭제할 생각인 유하다.

그래야 나중에 그가 태상그룹을 손에 넣었을 때 합법적인 사업을 펼치는데 문제가 없을 것이기 때문이다.

유하가 앞으로의 청사진을 계획하고 있을 때, 그의 인터폰이 다시 한 번 울리기 시작했다.

─전무님, 전화가 왔습니다.

"전화요?"

─태상 ENT에서 온 전화인데, 어떤 가수가 전무님을 뵙고 싶답니다.

"가수요? 가수가 나를 왜……."

─오디션 프로그램 때문이라는데, 어떻게 할까요?

유하는 만남을 요청한 그녀가 예지나라는 것을 어렴풋이 알 수 있었다.

"좋습니다. 오늘 저녁에 보자고 알리십시오."

─알겠습니다.

과연 그녀가 무슨 소리를 할지, 유하는 그녀의 의도가 궁금해졌다.

*   *   *

늦은 저녁 강남의 한 레스토랑.

유하와 예지나가 마주앉아 있었다.

그녀는 사방이 모두 벽으로 가로막힌 프라이빗 룸으로 유하를 초대하여 비밀스러운 식사 자리를 마련했다.

　때문에 이 5평 남짓한 공간에는 오로지 유하와 그녀밖에 남아 있지 않았다.

　그녀는 어린 송아지의 안심으로 만든 스테이크를 칼로 정성스레 썰어서 유하에게 건넸다.

　"내가 칼질은 좀 해요. 이것을 드세요."

　"나도 칼질은 좀 합니다만?"

　"그래도 식탁에서 칼을 잡는 사람은 여자여야 해요. 그게 내 철칙이거든요."

　유하는 그녀가 갑자기 왜 이러는 것인지 몰라 고개를 갸우뚱거렸다.

　"그런 구닥다리식의 식탁 예절은 나중에 제가 아내를 맞이하면 써먹겠습니다. 그러니……."

　"그냥 먹어요. 식탁에서는 원래 여자의 말을 듣는 거예요. 식탁은 어디까지나 여자의 영역이거든요."

　"…원래 그렇게 고지식합니까?"

　"우리 집안이 좀 그래요. 그러니 내 말 좀 들어요."

　"알겠습니다……."

　그녀의 행동이 조금 부담스럽긴 했지만 일단 음식을 앞에 두었으니 어쩔 수 없이 예지나의 말을 듣고 보는 유하다.

그는 큼직하게 고기를 포크로 찍어 맛을 봤다.

"쩝쩝… 으음, 고기가 좋군요. 내가 원래 무식해서 이런 고급 요리는 먹어본 적이 없습니다만, 맛이 꽤 괜찮은 것 같군요."

"그렇죠? 내가 어려서부터 아버지와 함께 자주 왔던 곳이에요. 지금은 아버지가 이곳을 인수했고요."

"그렇군요."

이윽고 몇 점 더 고기를 집어 먹으려던 유하에게 그녀가 물었다.

"이봐요, 신강남 씨."

"말씀하십시오."

"우리 사귈래요?"

순간, 유하는 먹던 고기를 뿜어낼 뻔했다.

"쿨럭, 쿨럭!"

"괜찮아요? 안심이 조금 질긴가?"

"…그런 것이 아니잖습니까? 갑자기 그게 무슨 말 같지도 않은 소리입니까?"

그녀는 슬그머니 미소를 지으며 말했다.

"왜 말 같지가 않아요? 남녀가 만나서 연애하는 것이 그리 큰 문제예요?"

"보통 남녀라면 그렇겠죠. 하지만 나와 당신은 이제 한 번

본 사이입니다. 그런데 무슨 연애를 운운합니까? 그리고 피차 우리는 서로에게 좋은 감정이 없잖아요?"

예지나는 유하의 말에 고개를 가로저었다.

"피차라니, 나는 아닌데요?"

"……."

"저번 오디션 장에서 보았던 당신의 모습, 꽤나 인상적이었어요. 그 이후에도 당신이 계속 생각나더군요."

뜬금없이 유하에게 구애하는 그녀, 그는 이 모든 것이 정상적이지 않다는 것을 감지한다.

'말도 안 되는 일이다. 그렇게 싸가지 없던 여자가 갑자기 왜……'

순간, 유하는 뒤통수를 얻어맞은 듯 헛물을 집어 삼켰다.

'서, 설마…?!'

최면은 때론 인간의 뇌리에 깊숙이 박혀 그 모습이 쉽사리 지워지지 않는 역효과를 낳기도 한다.

유하는 아마도 그녀가 아직도 최면 효과에서 벗어나지 못하고 있다고 생각했다.

'빌어먹을, 내 도력이 모자란 탓인 모양이군!'

아마 그녀는 최면의 각인 효과 때문에 눈을 뜨던 감든 유하의 모습이 뇌리에서 떠나지 않았을 것이다.

그러니 당연히 자신이 유하를 좋아하고 있다고 착각을 했을 터였다.

이제 그는 삐뚤어진 최면의 나쁜 이면을 다잡기 위해 스스로 최면을 풀어내기로 한다.

스스스스스스!

정신을 집중시킨 유하의 손에 도환이 모여들었고, 유하는 그 안에 최면을 파괴시키는 만어를 새겼다.

그리고 유하는 이것을 그녀에게 건넸다.

"식사 전에 이것을 먹어봐요."

"이게 뭔가요?"

"소화가 잘 되는 약입니다."

"안 그래도 괜찮은데……."

"…여자는 남자의 말을 잘 들어야 합니다. 그래야 남자가 편해요."

"아아, 그렇군요!"

반짝반짝한 그녀의 눈동자.

유하는 자신이 지금 무슨 짓을 한 것인지 무척이나 후회를 하고 있었다.

'내가 또 괜한 사람 하날 잡았군.'

일전에 자라가 팔자에도 없는 출생을 했듯이, 그녀 역시 너무나도 뜬금없이 유하를 가슴에 품게 된 것이다.

그는 앞으로 자신이 얼마나 더 수련에 박차를 가해야 하는

지 뼈가 저리도록 깨닫게 되었다.

복잡한 눈동자의 유하, 그녀는 기쁜 마음으로 도환을 삼켰다.

꿀꺽!

유하는 이제 자신에게 찬물세례나 욕지거리가 날아올 것이라고 생각한다.

'그래, 이 정도 굴욕쯤이야…'

하지만 그의 생각은 여지없이 빗나가고 만다.

"으음? 맛이 좋네요? 쳇, 싫은 척하면서도 당신 역시 제가 좋은 거죠?"

"……."

도환을 먹었음에도 불구하고 효과가 없다니, 유하는 고개를 갸웃거린다.

'이상하군, 분명히……'

유하는 미처 인지하고 있지 못했지만, 지금 그녀가 이런 행동을 하는 것은 각인 효과 때문이 아니었다.

그녀는 최면이 걸리던 순간, 유하에게 일말의 감정을 느꼈고 그 감정이 최면과 함께 각인되면서 뇌리에 깊게 남은 것이었다.

그러니까, 그녀의 이런 감정들은 도환을 먹인다고 해서 사라질 것이 아니라는 소리였다.

'제길, 도대체 왜 이러는 거지?'

슬슬 머리가 아파오는 유하, 그녀는 유하에게 점점 더 가까이 다가온다.

"자, 이리와요. 오늘부터 1일이라는 의미로 내가 술을 한 잔 따를게요."

"아, 아닙니다! 1일은 무슨!"

"왜 그래요? 당신도 내가 좋잖아요?"

"그, 그게 아니고⋯⋯."

"에잇, 그러지 말고⋯⋯."

순간, 유하는 부담스럽게 다가오는 그녀에게 조금 상처가 되는 말을 건넸다.

"잠깐!"

"왜 그래요?"

"…난 연인이 있습니다."

"뭐라고요?"

"지금 막 시작하는 단계이지만, 연인이 있어요. 그러니 당신과는 이어질 수가 없어요."

순간, 유하는 마른 침을 삼켰고 그녀는 갑자기 그 자리에 멈추어 섰다.

"⋯⋯."

"예, 예지나 씨?"

이윽고 그녀는 다시 자신의 자리로 돌아오더니, 이내 깊은
생각에 잠겨버렸다.

유하는 불안한 시선으로 그녀를 바라보다 불현듯 자리를
떠버렸고, 그녀는 그런 그에게 소리쳤다.

"…괜찮아요!"

"예, 예?"

"골키퍼 있다고 골 안 들어가는 것도 아니고, 그런 핸디캡
쯤은 아무런 상관도 없어요!"

"……"

할 말을 잃은 유하, 그녀는 그의 마음을 아는지 모르는지
예지나는 천진난만해 보이는 미소를 짓고 있었다.

제8장
격돌

늦은 밤, 경찰서 구치소로 이성준이 들어섰다.

끼이익—

"충성! 근무 중 이상 무!"

"그래, 수고 많다."

그는 자신을 기다리고 있던 순경들에게 담배를 한 갑 건네며 말했다.

"나가서 담배 한 대 피우고 와."

"예, 알겠습니다!"

이윽고 그는 구치소의 문을 열고 취조실에 앉아 있는 채민준에게로 다가갔다.

그는 밤새 잠도 제대로 이루지 못한 얼굴로 그를 맞이한다.

"…도대체 잘생기지도 않은 얼굴을 왜 계속 보자고 난리야? 노망이라도 난 건가?"

"후후, 그랬다면 여기까지 오지도 않았겠지."

이성준은 채민준에게 담배를 한 개비 권했다.

"한 대 피우겠나?"

"주면 받지. 그 좋은 것을 왜 마다해?"

"후후, 그래. 골초는 역시 골초야."

그는 채민준에게 불을 붙여주었고, 폐부 깊숙이 연기를 빨아들인 채민준이 이성준에게 물었다.

"그나저나 공사가 다망해 마빡에 잉크가 다 튀는 이 총경께서 여긴 어인 일이신가? 내 낯짝이 얼마나 더러운지 한 번 살펴보러 오셨나?"

"뭐, 그렇다고 볼 수도 있고."

"이 새끼가 근데……."

"후후, 시비는 자기가 먼저 걸어놓곤 도리어 화를 내는군. 조울증이라도 있나?"

"네가 할 소리는 아닌 것 같은데?"

"하긴."

이윽고 이성준은 채민준에게 농담이 아닌 진담을 건네 봤다.

"이곳, 답답하지 않나?"

"…미쳤나? 그걸 질문이라고 하나?"

"그래, 그렇겠지. 더군다나 네놈을 이곳에 가둔 놈이 누군지 궁금하겠지? 안 그래?"

"……."

"그리고 그놈에게 복수하고 싶어서 아주 손발이 간지러워 죽을 것 같을 것이고 말이야."

"…하고 싶은 말이 뭐냐?"

"네가 하고 싶은 그 복수, 내가 도와주겠다."

"뭐라? 지금 뭐라고 지껄이는 거냐? 뭘 어쩌겠다고?"

"너의 그 복수 말이다. 내가 도와주겠다고."

"개소리를 지껄이는군! 누구를 동네 양아치로 아나!"

"그래, 동네 양아치가 아니지. 그러니까 내가 이런 소리까지 지껄이는 것 아니냐? 동네 양아치 새끼에게 내가 이런 소리를 지껄일 짬밥이냐?"

"그럼 뭐야?! 도대체 나에게 이런 소리를 하는 이유가 뭐야?!"

"난 네가 조직의 보스가 되는 편이 낫다고 생각해. 그 신강 남보다 말이야."

순간, 그의 눈썹이 심각하게 꿈틀거린다.

"…뭐라고?"

"신강남 말이다. 나는 신강남이 보스가 되는 것을 원치 않아. 기왕지사 필요악을 둘 것이라면 안면이 있는 놈과 함께하는 편이 낫지 않겠어?"

"지금 그 말… 도대체 무슨 저의를 갖고 하는 말이냐?"

"네가 조직을 비워봐라, 그놈이 가만히 있을 성 싶으냐? 아마 조직원들을 지방으로 내려보내겠지. 내가 너희 조직을 들쑤시고 있다고 말이야."

"……"

"야, 이 머저리 새끼야. 생각을 좀 해봐라. 너희 조직에서 한 명이 총대를 메고 쫓기고 있는 상황에 내가 가만히 있으면 그게 무슨 꼴이 되겠냐? 안 그래?"

"…지금 나에게 약을 치는 거냐?"

"뭐, 그거야 네가 생각하기 나름이고. 하지만 나는 헛소리를 지껄이는 사람이 아니야. 아마 네가 마스터키를 주었을 것이다. 알다시피 나는 조직에 짜바리 새끼들이 꽤 많거든. 그 사실쯤은 익히 알고 있다."

채민준은 분노를 넘어 실소를 흘리기 시작한다.

"하하, 하하하, 하하하하! 내가 이젠 별의별 일을 다 겪는군! 네가 나를 담그기 위해 아주 별 이상한 약을 다 치는구나!"

"그래, 약을 칠 수도 있지. 하지만 이대로 가만히 당하고만

있을 거냐?'

순간, 채민준이 이를 악물며 외친다.

"씨발 새끼! 내가 너를 썹어 먹고 말 것이다!"

"그래, 마음대로 해라. 하지만 내가 한 말, 꼭 명심하는 편이 좋아."

이윽고 그는 구치소를 나섰고, 채민준은 입술을 짓깨물며 말했다.

"…씨발, 그래! 다 죽자! 아주 다 죽자!"

그는 눈이 시뻘겋게 충혈될 때까지 화를 표출시켰다.

＊ ＊ ＊

이른 아침, 구치소 면회실로 신림 파 출신 수뇌부 세 명이 채민준을 찾아왔다.

그들은 채민준의 칙령을 받기 위해 이른 아침부터 그를 찾아온 것이다.

낮게 가라앉은 채민준의 눈빛이 그들을 향하고 있다.

"어이, 성식이."

"예, 형님."

"지금 우리가 동원할 수 있는 아이들이 얼마나 되지?"

"대략 200명쯤 될 겁니다."

"나머지는 지금 어디에 있나?"

"지방으로 내려가 몸을 사리고 있습니다. 그나마 200명도 신강남이 관리하는 업장에서 일하는 녀석들입니다."

"젠장… 그 말이 사실인 건가……."

채민준은 당장 유하를 짓밟기 위해 병력을 소집하려 했으나, 그것이 생각처럼 여의치가 않았다.

하지만 그런 그에게도 기회가 전혀 없는 것은 아니었다.

"좋아, 그럼 그 200명을 모두 한곳으로 모아 오로지 신강남을 처치하기 위한 판을 짠다."

"신강남을… 제거하실 겁니까?"

"아무래도 내가 이곳에 갇힌 것이 누구 때문인 것 같나?"

"그건 이충만의 계략이라고 형님께서……."

"아니, 그건 회장님의 어림짐작이었고. 지금 상황을 보아하니 모든 용의선상에 신강남이 들어가 있다."

"흐음… 하지만 회장님께서 그에게 마스터키를 건네주셨습니다. 아는 사람은 다 아는 사실입니다만, 지금 그에겐 우리 조직의 모든 정보가 들려 있다고 볼 수 있습니다."

"제길! 내가 놈을 너무 믿었군!"

"형님, 이러지 마시고 차라리 회장님께 도움을 청하는 편이 어떻습니까?"

그는 고개를 가로저었다.

"지금 경찰에서 우리 조직과 회장님의 관계를 계속해서 의심하고 있는 상황이다. 지금 이런 시국에 회장님께서 직접 움직이시게 되면 OK그룹이 우리의 지주회사라는 것을 시인하는 꼴밖엔 안 되는 것이다."

"이것 참……."

"방법은 하나뿐이다. 우리가 신강남을 제거하는 것, 그것만이 살 길이란 말이지."

세 명의 수뇌부는 굳은 결의를 다진다.

"알겠습니다. 저희들이 직접 놈에게 칼침을 놓겠습니다."

"할 수 있겠냐?"

"안 되면 모가지를 물어뜯어서라도 놈을 보내버리겠습니다."

"그래, 좋은 자세다. 나는 너희만 믿는다. 그러니 나를 실망시키는 일은 하지 않도록 해라."

"예, 형님!"

채민준은 부하들에게 유하를 없애라는 명령을 내리면서도 앞으로의 일이 어떻게 돌아갈 지 어렴풋이 짐작하고 있었다.

'그래, 이 생활에 종지부를 찍을 수도 있겠지… 하지만 여기서 멈출 수는 없다!'

그는 이제 자신의 운명을 신에게 맡길 뿐이다.

*　　*　　*

　늦은 밤, 충일빌딩 앞으로 200명이 넘는 신림의 조직원이 모여들었다.

　저벅, 저벅―

　이들을 이끄는 사람은 채민준의 심복 최성식이었다.

　그는 몽둥이나 쇠파이프와 같은 둔기가 아니라 200명의 인원에게 모두 회칼을 지참하도록 지시했다.

　아예 초장에 적들의 숨통을 끊어버리겠다는 것이 그의 생각이었던 것이다.

　"그래, 한번 쓸어버릴 때 제대로 쓸어버리자!"

　최성식이 충일빌딩 주차장으로 들어서자, 그의 뒤로 대형 트레일러 20대가 줄줄이 입구를 막기 시작했다.

　위이이이잉, 철컹!

　이제 이곳으로는 개미 새끼 한 마리 들어올 수 없으며, 만약 사람이 죽어나가도 전혀 알 길이 없었다.

　최성식은 충일빌딩에 잠입했던 조직원이 말한 정보를 토대로 유하를 추적하기 시작했다.

　"빌딩 안에 있는 인원은 총 몇 명인가?"

　"50명 남짓입니다."

　"신강남은 어디에 있지?"

"최상층에 있습니다. 지금 놈을 잡는다면 충분히 목을 딸 수 있을 겁니다."

"좋다. 절반은 비상계단으로, 절반은 엘리베이터를 이용해 올라간다."

"예, 형님!"

그는 이번 싸움에서 자신이 반드시 유하를 보내버리겠다는 다짐으로 회칼을 들었다.

스릉!

"이 새끼, 오늘이야말로 숨통을 끊어주마!"

최성식은 100명의 부하를 이끌고 엘리베이터를 탔고, 나머지 인원은 전부 비상계단을 타고 오르기 시작했다.

저벅, 저벅, 저벅—!

워낙 많은 인원들이 비상계단을 오르는 터라 빌딩 안은 온통 사람들 발소리로 가득 차 버렸다.

최성식은 엘리베이터를 타고 25층에 있다는 유하를 잡기 위해 올라간다.

[1, 2, 3, 4, 5… 24…]

팅!

이제 남은 층은 단 하나, 그는 자신의 손에 쥐고 있던 회칼에 살며시 힘을 주었다.

꽈드드득—!

"준비해라……."

"예, 형님!"

이윽고 여섯 대의 엘리베이터에서 100명의 인원들이 한꺼번에 쏟아져 나왔다.

딩동!

그러자, 그 앞에서 대기하고 있던 강남 파 조직원들이 그들을 맞이한다.

"어이, 식구들! 누구를 담그려고 그렇게 회칼까지 챙기셨나?!"

"이 새끼들! 조져!"

"와아아아아!"

50명의 인원은 그들이 앞으로 나오지 못하도록 육탄 방어를 자행하면서도 중간 중간에 회칼을 섞어 넣었다.

푹푹푹!

"크아아악!"

"이런 개새끼들! 밀어버려! 어서!"

"죽어라!"

서걱, 서걱!

일선에 서 있던 신림 파 조직원들이 마구잡이로 회칼을 휘둘렀고, 강남 파 조직원들은 그 칼에 복부가 찔려 쓰러지고 만다.

퍼억!

"끄어억!"

"이런 미친! 아예 사람을 죽이려고 작정을 하고 온 모양이군!"

"흥! 이런 사태를 미리 예상하지 못하고 싸움을 준비한 것인가? 하긴, 우리가 지금 이 타이밍에 몰려올 줄은 꿈에도 몰랐겠지!"

현재 신강남 라인에 소속된 인원들은 전부 합법적 사업에 투입되었기 때문에 지금 이 시간에 건물을 지키는 사람은 거의 없었다.

때문에 200명이라는 다소 적은 인원으로도 조직을 접수할 생각을 했던 것이다.

그러나 이 50명의 인원을 밀어버리기도 그리 쉬운 일은 아니었다.

퍽퍽퍽!

"크윽!"

"형님! 앞줄이 막혀서 사람이 못 나갑니다! 이대로 있다간 우리가 다시 1층으로 내려가게 생겼습니다!"

"젠장! 엘리베이터 문이 닫히면 끝이다! 절대로 호출되지 않도록 버텨라!"

"예, 형님!"

엘리베이터 호출기 하나를 사이에 두고 공방을 벌이던 그들, 바로 그때였다.

쾅!

"저기 있다!"

"비상계단?!"

"후후, 드디어 도착한 모양이군!"

비상계단을 타고 한 무리의 사내들이 우르르 쏟아져 나왔고, 최성식은 쾌재를 부른다.

"좋아, 지금이다! 함께 놈들을 족쳐 버려!"

"와아아아아!"

자신감에 가득 찬 그들, 하지만 그들의 눈빛은 이내 경악으로 물들 수밖에 없었다.

콰앙!

"포, 폭발음?!"

"이 새끼들, 감히 이곳이 어디라고 조직원을 동원시켜?"

"네 이놈, 신강남!"

대략 사람의 팔뚝만 한 굵기의 나무 봉을 손에 쥔 유하가 그들의 앞에 서 있었고, 방금 전 맞은 것으로 보이는 조직원 20명이 바닥에 누워 꿈틀거리고 있었다.

단 일격에 20명이나 되는 사람들이 쓰러지다니, 그야말로 추풍낙엽이 아닐 수 없었다.

그리고 그들은 작전을 조금 바꾸어 신강남, 즉 유하를 먼저 공략하기로 했다.

"놈을 잡아라! 저놈만 잡으면 모든 것이 끝난다!"

"이 새끼, 죽어라!"

"후후, 머리가 안 좋은 놈들이군. 그렇게 제한된 공간에 갇혀서 뭘 어쩌겠다는 것이냐? 하여간 머리가 나쁘면 몸이 고생이라니까……."

이윽고 말을 맺은 유하는 비상계단을 꾸역꾸역 뚫고 들어오는 신림의 조직원들 몽둥이로 사정없이 후려쳤다.

빠악!

"아아아악!"

"제기랄! 형님!"

무슨 봉이 저렇게 탄력도 좋은지, 사람을 한 대 치고 나면 곧바로 튕겨져 나와 탄성을 만들어내고 있었다.

그러니까, 한 마디로 멀쩡한 곤봉이 마치 쌍절곤처럼 탄력적으로 휘둘러지면서 사람을 두들겨 패고 있었던 것이다.

그런 그의 신묘한 타법은 맞은 사람으로 하여금 오금이 저리도록 만들고 있었다.

퍼버버버벅!

"으으으윽!"

"제기랄! 뭐 저런 괴물이 다 있어?!"

"형님! 이러다간 죽도 밥도 안 되게 생겼습니다!"

"…씨발! 어쩔 수 없다! 죽으나 사나 놈들을 밀어버리지 않으면 끝이란 말이다!"

"빌어먹을! 밀어! 있는 힘껏 밀란 말이다!"

"으아아!"

전력을 다해 몸을 앞으로 밀어내는 신림의 조직원들, 하지만 그럴 때마다 사람이 한두 명씩 쓰러지고 만다.

서걱, 서걱!

"크허어억!"

"형님! 칼에 찔린 놈들이 꽤 있습니다! 이대로 가다간 우리가 전멸하겠어요!"

"젠장!"

원래 공방전이라는 것은 공격보다는 방어하는 쪽에 유리하도록 판이 짜이게 마련이다.

제 아무리 머리가 좋은 사람이라곤 해도 공격이 방어보다 유리하도록 만드는 것은 거의 불가능하기 때문이다.

지금 이 싸움판은 그런 원리가 아주 제대로 적용되어 도저히 길이 뚫릴 생각을 하지 않고 있었다.

그러나 지금 신강남을 잡지 못하면 목숨이 떨어질 판인 이들로선 어쩔 도리가 없었다.

"허억, 허억! 밀어!"

"끄으으응!"

서걱!

"크억!"

"젠장! 또?!"

더 이상의 싸움은 무의미하다고 생각되던 바로 그 순간, 비상계단의 아래쪽부터 사람들이 대거 올라오기 시작했다.

"형님이 위에 계신다! 밀어버려!"

"와아아아아!"

"…큰일이다! 놈들이 증원 병력을 이끌고 나타났어!"

"이런 미친!"

수적인 우세에 있었던 신림의 조직원들은 이제 전세가 역전되어 막다른 골목에 몰린 형국이 되어버렸다.

"형님! 꼼짝 없이 갇혀버렸습니다! 이젠 어쩝니까?"

"젠장! 할 수 없지! 일단 이곳을 버리고 다시 1층으로 내려간다!"

"예, 알겠습니다!"

이윽고 그는 입구를 꽉 막고 있던 조직원들을 뒤로 물렀고, 그 즉시 엘리베이터 문이 닫혀버렸다.

철컹!

"후우……!"

"정말이지 큰일입니다! 이 기회를 놓치면 더 이상 그를 죽일 수 없을 텐데요…….”

“별수 없다. 일단 산 사람은 살아야지.”

더 이상 무의미한 희생을 치를 수는 없는 일, 그는 어서 1층으로 내려가 다시 건물을 빠져나가려 생각했다.

하지만 그것은 어디까지나 그 혼자만의 생각일 뿐이었다.

팅, 딩동!

—1층입니다.

“후후, 1층입니다 이 새끼들아!”

“여, 연지훈?!”

“어이, 족쳐!”

“예!”

“와아아아아아아!”

다시 엘리베이터에 갇혀버린 신림의 조직원들은 속절없이 쓰러져 나갔다.

퍽퍽퍽!

“쿨럭!”

“이런 개새끼들! 앞뒤에서 사람을 아주 쥐포로 만드는구나!”

“후후, 이런 쥐포 같은 상황을 만든 놈들은 바로 너희들이다!”

연지훈은 최성식의 어깨에 회칼을 찔러 넣었다.

서걱!

"크윽!"

"자고로 군인과 건달은 줄을 잘 서야 해!"

그는 최성식의 어깨에 박힌 칼을 반대로 비틀어버렸고, 그는 어깨의 근섬유가 다 끊어지면서 피를 한 움큼 쏟아냈다.

좌라락!

"허윽……."

"최성식이, 꽤나 걸출한 주먹이라고 알고 있었는데 보스를 잘못 만나 꽃이 일찍 져 버리는군!"

다른 사람은 몰라도 작금의 사태를 도모한 중간보스들은 더 이상 재기가 불가능하도록 만들어야 한다는 것이 연지훈의 생각이었다.

그 생각은 유하도 마찬가지였기 때문에 그가 칼을 쓰는 것을 굳이 말리지 않았다.

유하는 순식간에 제압되어버린 신림의 조직원들을 바라보며 말했다.

"이제부터 너희들은 폐기 처분되어 더 이상 조직가엔 얼씬도 못하게 될 것이다. 만약 원한이 있다면 속으로 삼켜라. 그것이 바로 너희들이 살 수 있는 유일한 방책이니까."

"으으으으……."

모든 상황이 정리되었기에 유하는 그들을 전부 사설 병원으로 옮겼다.

*　　　*　　　*

같은 시각.

유하 라인의 중간보스들이 전국에 퍼져 있던 신림의 조직원들을 하나하나 소탕하고 있었다.

청주의 한 PC방, 행동대장 지헌수가 10명 남짓한 군소조직 마상파 조직원들을 잡기 위해 들어섰다.

딸랑—

마상파 보스이자 중간보스인 마상준은 지헌수를 바라보며 고개를 갸웃거린다.

"지헌수? 네가 왜 여기에……."

"얼굴이 아주 반들반들해졌군? 어이, 잡아!"

"예, 형님!"

"뭐, 뭐야?! 이 새끼들이 미쳤나?!"

마상준은 자리에서 일어나 지헌수를 제압하려 했으나, 그는 최고의 주먹 중에 하나인 지헌수의 상대가 되지 못했다.

빠악!

"크헉!"

지헌수의 하이킥에 머리를 맞은 마상준은 그 자리에 쓰러져 버렸고, 남은 조직원들은 마상과 떨거지들을 하나하나 청소하기 시작했다.

"쓸어버려!"

"예, 형님!"

"이런 제기랄!"

보스가 쓰러졌음에도 불구하고 자신의 몸 하나 운신하고자 도망가는 그들, 지헌수는 그들을 끝까지 쫓아가 폐기 처분할 것을 명령한다.

"저런 새끼들이 나중에 짜바리가 되는 것이다! 아예 다시는 조직 생활을 할 수 없도록 조져버려!"

"예!"

지헌수의 부하들은 마상준의 조직원들을 추격하여 그 다리를 절단을 내 버렸다.

서걱!

"크아아아아악!"

"이, 이런 씨발! 도대체 우리에게 왜 이러는 건가!"

"그걸 몰라서 묻나? 네 보스가 우리 라인에 들어오지 않았기 때문이지. 항상 말하는 것이지만 군인과 경찰은 줄을 잘 서야 해. 너희들은 줄서기를 잘못해서 지금 이 꼴을 당하게 된 것이다."

"……"

다리에 피가 흥건한 그들이지만, 별다른 반론을 제기할 수가 없었다.

이제 신림은 물론이고, 태상그룹 휘하에 있는 모든 조직이 유하의 손아귀에 떨어졌기 때문이다.

"다시 한 번 말하지만, 너희들은 지금부터 건달이 아니다. 어디 시골에 짱박혀 농사나 짓고 살아라."

지헌수는 자신의 주머니에 있던 100만 원 상당의 수표 열 장을 뿌린 후, 이내 돌아섰다.

*　　　*　　　*

전국 팔도로 흩어졌던 신림의 조직들이 소탕되는데 걸린 시간은 단 삼일, 유하는 그 안에 중간보스 50명과 행동대장 세 명을 포섭할 수 있었다.

그들은 자신의 보스인 수뇌부가 전부 청소되었다는 사실을 듣고는 살 길을 찾아 알아서 투항했던 것이다.

하지만 그렇지 않은 사람들은 마상파처럼 폐기 처분되어 더 이상 숨을 쉴 수 없게 되었다.

태상그룹의 지분을 가장 많이 매집한 유하는 스스로 긴급 이사회를 열어 자신의 회장 선임에 대한 표결을 진행시켰다.

연지훈은 이사회를 소집하면서 유하에게 복종하게 된 이

사들을 자리에 앉히고 마이크를 잡았다.

─그럼 지금부터 태상그룹 회장 선임에 대한 표결을 시작하겠습니다. 오늘 단독후보로 나서신 분은 바로 신강남 전무님입니다. 신강남 전무님께서 회장으로 취임하시는데 동의하시는 분들께선 손을 들어주십시오.

그의 질의에 20명의 이사들은 일제히 손을 들었고, 유하는 슬그머니 자리에서 일어나 앞으로 나선다.

그때에 맞춰 연지훈은 유하가 정식으로 태상그룹의 회장이 되었음을 선언한다.

─그럼 만장일치로 신강남 회장님이 태상그룹의 대표가 되었음을 알리는 바입니다.

짝짝짝짝!

이사들은 전부 유하에게 박수를 보냈고, 그는 상석에 앉아 슬며시 몸을 기대었다.

그리곤 담배를 한 대 꺼내 폐부 깊숙이 빨아들였다.

"쓰읍, 후우……."

"자, 다시 한 번 박수!"

짝짝짝짝!

유하는 자신이 태상그룹의 총수가 되었음에 새로운 복수를 다짐했다.

'OK그룹은 우리 아버지의 유산이다… 내, 결코 네놈들을

가만히 내버려 두지 않을 것이다!'

그의 눈빛에 표독스러운 복수의 그림자가 스치는 것 같았
다.

*   *   *

긴급이사회가 끝난 후 유하는 유지은을 포함한 이사들이
모두 모인 자리에서 자신의 정체에 대해 밝혔다.

"다들 내가 어디에서 온 누구인지 궁금할 것이다. 그렇지
않은가?"

"회장님께선 목포에서 올라오신 신강남 님이 아니십니
까?"

"사실은 그렇지 않다."

"......?!"

유하는 자신의 진짜 이름이 적힌 신문 기사와 명함을 그들
에게 건네며 말했다.

"나는 강유하라는 이름을 사용하는 사업가다. 물론, 고향
이 목포인 것은 맞는 사실이다."

"아아......!"

"하지만 이제부터 나는 스스로를 신강남으로 지칭하며 조
직을 이끌 것이며, 종국에는 OK그룹의 회장이 될 것이다. 만

약 이런 내가 못미더운 놈들이 있다면 지금이라도 일어나 조직을 나가도 좋다."

그는 자신의 정체를 숨기는 대신 스스로를 앞에 내놓는 정공법을 선택했다.

하지만 의외로 조직원들은 별 대수롭지 않게 그 사실을 받아들인다.

"으음, 그랬군……."

"그럼 신강남이라는 이름은 가명인 셈이군요."

"나의 별칭이라고 해도 괜찮다. 하지만 그 이름은 여전히 사용이 될 것이며, 태상그룹은 신강남의 천하이다."

유지은 역시 유하의 정체를 듣고는 크게 동요하지 않는 모습이다. 아니, 어쩌면 역시 그럴 줄 알았다는 표정이었다.

그리고 유하는 자신의 휘하로 강남식품제약을 흡수시키고 강남그룹을 출범시킬 것을 선언했다.

"지금부터 태상그룹의 이름은 강남그룹으로 다시 태어나게 될 것이다. 고로, 우리는 지금부터 불법적인 사업을 모두 접는다. 하지만 조직의 체계는 계속해서 유지가 될 것이며, 이 조직력으로 기업 사냥에 집중할 것이다. 알겠나?"

"예, 회장님!"

유하는 지금부터 OK그룹을 차지하기 위해 자신이 스스로 기업계의 해적이 되기로 마음을 먹었다.

"우리의 앞을 가로막는 놈들은 전부 다 베어버린다. 그것이 우리의 신념이며 기업의 이념이다."

"충성을 다하겠습니다!"

이로서 유하는 태상그룹을 접수하게 되었다.

제9장
휴식

　이른 오후, 유하는 광주에 있는 자택에서 짐을 챙기기 시작했다. 그는 목포와 광주의 집과 전답을 모두 정리하고 자신의 기반을 모두 서울로 옮기기로 했다.

　그런 의미에서 오늘 유하는 서울로 이사를 준비하고 있었는데, 두 동생은 각각 다른 표정을 짓고 있었다.

　"잘 되었다, 오빠. 강남권이면 유나가 공부하기도 좋을 것 아니야? 안 그래도 유나가 공부에서 뒤처지면 어쩌나 걱정이었는데, 아주 잘 되었어."

　"피이… 그럼 뭐해? 경자, 미자, 숙희, 연주, 기타 등등… 내

친구들은 앞으로 못 보는 것 아니야?"

유하는 동생의 학업에 신경을 쏟을 수 있는 조건을 찾아 간다는 유채와 유나의 의견을 한 방에 조율해버린다.

"유나야."

"…왜?"

"너, 강남에 가보긴 했어?"

"아니……."

"강남에는 아이돌도 있고 배우들도 있어. 한마디로 그곳은 연예인들 천지라는 소리지."

"…그래서?"

"네가 그곳에 가면 어떻게 될 것 같아?"

"어떻게 되긴, 촌년 소리를 듣겠지."

"아니, 네가 촌년에서 차도녀로 거듭날 수도 있다는 뜻이야. 모르겠어?"

"……!"

유하는 자신의 연인이자 조력자인 김민아에 대한 얘기를 꺼내놓는다.

"내가 너희에게 얘기했었지? 오빠에게 연인이 생겼다고."

"그랬지. 한 번도 본 적은 없지만 말이야."

"이게 바로 그녀의 명함이야."

그가 건넨 명함에는 연애기획사 사장의 직함이 박힌 그녀의 이름이 적혀 있었다.

연화기획 대표이사 김민아

"어, 어어?! 그 언니가 기획사 대표야?!"

"맞아. 그리고 나와 친하다고 말했던 수려 역시 그녀의 기획사 소속이야. 수려의 소개로 내가 그녀와 만날 수 있었지."

"우와! 그럼 이제 나도 연예인을 실제로 볼 수 있는 거네?"

"아마 수려도 매일매일 심심한 녀석이니까 네가 가면 아주 좋아하지 않을까?"

"꺄아아! 그럼 진작 말을 했어야지! 경자 고년, 내가 매일 꼬질꼬질한 촌년이라고 놀렸겠다?! 다 죽었어!"

유하와 유채는 단순해도 너무 단순한 그녀를 바라보며 실소를 흘렸다.

"하여간 허파에 바람 든 것은 알아줘야 한다니까."

"누가 아니래?"

세 남매는 남은 짐을 마저 챙겨 서울로 향할 짐을 챙겼다.

＊　　　＊　　　＊

유하가 서울로 올라가는 날, 영민은 운전대를 잡고 있었다.

그는 직접 용달차를 운전하여 유하와 동생들이 안전하게 서울로 갈 수 있도록 배려한 것이다.

"피곤한데 괜히 이런 일을 해주는 것 아니냐?"

"무슨 소리를 그렇게 하냐? 네가 이사하는데 내가 아무것도 안 하는 것이 더 이상하지 않아?"

"뭐, 그렇긴 하지만……."

"그리고 내가 술집을 차리는데 투자를 받았어. 들었나?"

"투자?"

"광주의 이영주 사장이라고 알아?"

"아아, 그 미망인 말이야? 돈 많고 외로움 많이 타기로 유명하지."

"그래, 그 여자. 그 여자가 나에게 투자를 해줄 테니 강남에 있는 점포를 좀 알아봐 달라고 하더라고."

"뭐야? 그럼 그 여자가 네 물주라도 된 거야?"

"물주는 무슨, 그냥 지분을 넣겠다는 소리지. 내 지분 70%에 그녀의 지분30%로 점포를 시작할 거야. 물론, 건물에 대한 지분은 나에겐 없어. 그녀의 소유로 되어 있는 것을 내가 추후에 돈을 벌어서 인수하기로 한 것이지."

유하는 그의 얘기를 듣고는 혀를 찬다.

"야, 이놈아! 그게 그 얘기지! 너는 지금 물주를 잡은 거야! 강남의 세가 얼마인 줄 알아?!"

"하지만 장사는 내가 하는 거야. 그녀는 앉아서 돈을 받는 것이고. 결국엔 그녀가 더 이득일 것이란 소리지. 전체 매출의 30%는 결코 작은 돈이 아니야."

"뭐, 그렇긴 하지만… 그래도 건물 값이 빠진다면 결국 네게 유리한 거다. 그건 알고 있지?"

"흠… 그렇게 되는 건가?"

"그래, 이 멍청아."

"큭큭, 뭐 어때? 그 여자는 내 능력을 보고 투자를 한 것인데. 이것도 결국 내 능력에 따라서 결정된 문제라고 할 수 있다고."

유하는 그의 낙천주의적 발상에 고개를 가로저었다.

"그래, 네 똥 굵다."

"큭큭, 맞아! 내 똥 굵어!"

두 사람이 사업에 대한 얘기로 꽃을 피우는 동안, 유하가 살아갈 집에 거의 다 도착을 했다. 그가 살아갈 집은 강남구 역삼동에 위치한 주상복합아파트였다.

"여기인 것 같은데?"

"우와! 너, 성공했구나? 이렇게 으리으리한 아파트에 들어간다는 거야?! 전세야?!"

"아니, 내가 샀어. 회사에서 마련해준 것이긴 하지만."

"하하하하! 정말 세상 오래 살고 볼 일이구나!"

영민이 호들갑을 떠는 바람에 잠에서 깬 두 자매는 유하가 마련한 아파트를 바라보며 입을 쩍 벌린다.

"어, 어어? 오빠, 여기가 앞으로 우리가 살 집이야?"

"104동 펜트하우스야. 아마 경관은 주변에서 가장 나을 것 같다고 말하더군."

"우와! 우리 오빠 진짜 돈 많이 벌었구나!"

"많이 벌긴."

유하는 지금까지 아파트라곤 꿈에도 못 꾸었던 예전을 생각하며 씁쓸한 입맛을 다셨다.

'만약 아버지가 살아 계셨더라면 이런 집이 문제겠어? 비버리힐즈로 이사를 가도 이상하지 않겠지.'

자신이 점점 더 높은 곳으로 올라갈수록 아버지의 복수를 갚아야겠다는 생각이 강해지는 유하였다.

* * *

늦은 오후, 유하가 아파트 안으로 짐을 옮기고 있었다.

"하나, 둘, 셋!"

"영차!"

오늘은 유하의 부하들인 지헌수와 연지훈이 조직원들을 동원하여 이사에 참여하였다. 그들은 무거운 물건들을 혼자서 쑥쑥 옮기며 연신 미소를 짓고 있었다.

"이야, 물건들이 아주 깨끗합니다! 동생께서 손이 아주 야무지신 모양이군요!"

"…그렇긴 하지."

특히나 지헌수는 유채의 빼어난 미모에 넋이 나간 상태로 짐을 옮기고 있었다. 그것은 다른 조직원들도 마찬가지, 그들은 유채가 보는 앞에선 거의 슈퍼맨처럼 움직이고 있었다.

유나는 자신은 안중에도 없는 그들의 눈초리에 심통이 난 상태였다.

"…나도 여자인데."

"넌 어리잖아. 내 부하 직원들은 정상적인 눈과 사고를 가졌어. 너는 아직 여자로 보이지 않는다는 소리지."

"…그런 말도 안 되는 논리가 어디에 있어?"

잔뜩 뿔이 난 유나, 그녀에게 연지훈이 다가와 말했다.

"언니가 아름다운 것이 못내 부러운 모양이구나?"

"…몰라요!"

"하지만 잘 생각해봐. 사람은 멀리 봐야 하는 법이야. 지금 네 나이가 몇이지?"

"열여덟이요."

"그럼 앞으로 아름다워질 일이 더 많다는 소리 아니야? 그럼 네가 앞으로 더 많이 가꾸고 노력하면 언니보다 훨씬 더 빼어난 여자가 될 수 있다는 소리지."

"어린 것이 장점이다……?"

"여자는 나이 어린 것이 벼슬이라는 말이 있어. 안 그렇습니까? 회장님?"

"그, 그런가?"

연지훈은 워낙 언변이 좋은 사람이기 때문에 이런 불화쯤은 정말 아무렇지 않게 대처하는 것 같았다.

하지만 그 후폭풍은 온전히 유하가 감당해야 할 몫이었다.

"오빠, 나이가 벼슬이야?"

"그, 그게 아니고……."

"그래, 이 동생은 이제 뒷방 늙은이다!"

"아, 아니……."

"흥! 연지훈 씨!"

"예, 아가씨."

"내 방에 액자를 걸고 싶은데, 어떻게 해야 하나요?"

"구매한 집이니 마음대로 하시면 됩니다. 못을 박아드릴까요?"

"네, 그래주세요."

"아, 아니, 못은 나도……."

"됐어. 오빠는 벼슬아치나 만나고 다녀. 나는 연지훈 씨와 함께 못이나 박을게."

연지훈은 친절한 미소를 지으며 그녀를 에스코트했고, 그녀를 졸졸 따라다니던 지헌수는 인상을 와락 구기며 두 사람을 바라볼 뿐이었다.

"아니, 저 새끼가…?"

"형님, 잘못하면 선수를 빼앗기겠는데요?"

"쳇! 그럴 수는 없지! 유채 씨! 제가 하겠습니다!"

유하는 어쩐지 정신이 하나도 없는 이사의 광경을 바라보며 고개를 가로저었다.

'가지 많은 나무에 바람 잘 날 없다더니…….'

그는 그저 남은 짐들을 다시 묵묵히 옮기기 시작했다.

*　　　*　　　*

그날 저녁, 민아는 수려와 함께 집들이 선물과 직접 만든 음식들을 싸들고 유하의 집을 찾아왔다. 그녀는 무려 25가지나 되는 반찬을 상에 내려놓으며 연신 미안한 표정을 지었다.

"미안해요. 태국 출장이 잡혀 있어서 이사를 돕지 못했네요. 그나마 음식을 만들었는데, 맛이 괜찮을지 모르겠어요."

"무슨 그런 말을 다 해요… 그런데 이 음식들은 다 언제 준비한 거예요?"

"시간이 별로 없어서 얼마 준비도 못했는걸요. 그런데 급하게 하느라 입맛에 맞을지 모르겠네요."

"하하, 민아 씨가 한 것이라면 다 맛있죠."

"헤엣, 그런가요?"

벌써부터 깨소금이 쏟아지는 두 사람, 유하의 여동생들은 그녀의 솜씨에 화들짝 놀라며 말했다.

"와… 이게 다 뭐야? 언니, 오늘 출장에서 돌아온 지 몇 시간 안 되었다고 하지 않았어요? 그런데 그 짧은 시간에 이걸 다 했다는 건가요?"

"급하게 하느라 조금 탄 것도 있어요. 이해 좀 해주세요."

"아니, 이해가 아니고 이 정도면……."

유나는 그녀가 요리한 전을 몇 개 집어먹더니, 이내 발을 동동 구르며 기뻐했다.

"와아! 이게 얼마 만에 먹어보는 먹을거리야?"

"…그러게 말이야."

유채는 민아에게 깊이 고개를 숙였다.

"고마워요. 일부러 이런 음식들까지 바리바리 싸들고 오다니, 뭐라 감사를 드려야 할지 모르겠네요."

"아니에요. 유하 씨 일이면 제 일이기도 한데, 제가 못 챙긴 것이 더 미안하죠."

"…그래요? 안 그러셔도 되는데."

유나는 이미 민아가 마음에 든 것 같았지만 유채는 그런 그녀가 조금은 못마땅한 것 같았다.

유하는 그런 유채의 마음을 읽었는지, 분위기를 조금 누그러질 수 있도록 왁자지껄하게 집들이 분위기를 띄웠다.

"자자, 다들 앉지! 자네들 형수가 바리바리 음식을 싸들고 왔는데 말이야!"

"와아! 이게 다 뭐야?! 회장님, 이거 황송해서 앉지도 못하겠는데요?!"

"하하! 회장님이 확실히 여복은 타고 났군요! 이렇게 아름다운 형수님에 음식까지 잘 하시고, 부럽습니다!"

"후후, 내가 원래 운이 좀 좋아."

"…팔불출."

유하의 뒤에 서 있던 수려가 못마땅한 얼굴로 자신의 모습을 가리고 있던 후드를 젖히자, 주변에서는 탄성이 절로 흘러나온다.

"와아! 수, 수려? 수려 아니야?"

"이, 이게 꿈은 아니지?"

"저, 정말 수려네? 저, 저기 사인 좀……"

"아, 네……."

수려는 민아의 그늘에 가려 자신이 빛을 보지 못하다가 갑자기 사람들이 달려들자 조금 당황한 것 같았다. 민아는 자신의 몸에 깊게 밴 매니저 본능으로 그녀를 막아섰다.

"수려가 오늘 태국 출장을 다녀와서 조금 피곤해요. 식사를 다한 후에 사인을 돌리는 것은 어떨까요? 제 차에 수려의 브로마이드가 있으니 그것을 함께 드릴게요."

"하하! 그럼 좋지요!"

그녀는 자신의 피곤함은 안중에도 없는지, 유하의 집안을 챙기면서도 수려를 보호하고 있었다.

그제야 유채의 마음도 조금은 누그러지는 것 같았다.

"오빠, 저 사람, 참 괜찮은 것 같아."

"그렇지?"

"보통은 저렇게까지 사람을 잘 챙기기 힘들잖아? 산전수전을 많이 겪었다더니, 만성이 된 건가?"

"그런 셈이기도 한데, 원래 사람이 좀 다정다감해."

"…진짜 팔불출이네."

"하하, 원래 남자는 팔불출이어야 잘 산다고들 하잖냐?"

"뭐, 그건 그렇지."

이제 막 와자지껄해진 집들이는 그렇게 슬슬 시작되는 찰나였다.

*   *   *

한 상 가득 차렸던 음식이 거의 다 비워져 가는 동안, 민아는 쉬지 않고 안주를 준비했다.

"집들이를 오셨으니 한잔하고 가셔야지요?"

"오오, 형수님께서 뭘 좀 아시는군요!"

"저희 집안에서 담근 산삼주를 가지고 왔어요. 몸에 열이 많으신 분은 오미자주도 있으니 말씀을 해주세요."

"사, 산삼주!"

그녀는 집안 어른들이 주기적으로 담근다는 술병을 상 위에 차례대로 내려놓았고, 유하는 산삼이 통째로 들어간 병들을 바라보며 화들짝 놀라 물었다.

"이, 이게 다 뭡니까?! 사, 산삼이 한 뿌리도 아니고 무려 열 뿌리나……!"

"어머니께서 주셨어요. 자세한 얘기는 하지 않았지만, 제 남자의 집들이엔 이런 술이 어울린다고 하시더군요."

"그, 그렇군요."

그녀의 나이는 평균 결혼 연령보다 살짝 높았다. 그러다보니 당연히 집안에선 유하를 결혼상대로 볼 수밖에 없었다.

지금 이 술병들은 유하가 이미 그녀의 집안에 사위로 낙점이 되었다는 것을 반증하는 증거들이었다.

그는 술잔을 돌리면서도 연신 부담이 되는지, 어색한 미소를 지었다.

"민아 씨 집안에서 가지고 온 술이니까 소주를 더 부어서라도 뽕을 뽑고 가라고."

"물론이지요! 이야, 제가 형님 덕분에 이런 귀한 술을 다 얻어 마십니다!"

"뭘, 내 덕분인가? 민아 씨 덕분이지."

이윽고 술이 몇 잔쯤 돌아갈 무렵, 민아가 유하에게 넌지시 귓속말을 전했다.

"유하 씨, 잠깐……."

"네, 알겠습니다."

유하는 자신의 방으로 민아를 데리고 들어갔고, 그녀는 조금 어색한 미소로 입을 열었다.

"저기… 벌써부터 이런 말씀을 드리면 조금 뭣하지만, 부모님께서 유하 씨를 궁금해 하세요. 집안 어른들도 그러고요."

"그, 그런가요?"

"부담이 된다면 안 가도 되지만, 어머니가 빠른 시일 내로 유하 씨를 집으로 데리고 오라고 하시네요."

어차피 그 역시 나이가 슬슬 차는 판국에 민아를 가볍게 만날 생각은 전혀 없었다. 하지만 벌써 결혼까지 생각하기엔 만난 시일이 너무 짧은 것이 아닌가 하는 생각이 들기는 했다.

그러나 미래의 처가가 될 지도 모르는 집에서 부름을 받고 가만히 있는 것도 이치에 맞는 일은 아니었다.

"좋습니다. 그럼 이번 주 주말에 제가 찾아뵙는다고 말씀을 드려주세요."

"그래도 괜찮겠어요?"

"이런 말 어떨지 모르겠습니다만, 어차피 끝까지 함께하기로 한 김에 저의 책임에 대한 의지를 보여드리고 싶기도 하네요."

"유하 씨!"

그녀는 유하의 품에 푹 파고들어 자신을 맡겼고, 그는 민아를 품에 안고 머리를 쓰다듬었다.

"인간이 살아가는데 얼마나 많은 시간이 있겠습니까? 그저 사랑하는 사람과 함께 백 년 동안 해로하면 그뿐인 것을요."

"…고마워요. 진심을 보여줘서."

"별말씀을."

유하는 그녀를 품에 안으며 뭔가 서로에게 징표가 될 만한 것이 있으면 좋겠다고 생각했다.

"빠른 감이 있긴 하지만 내일 시간이 괜찮으면 반지나 좀 맞추러 갑시다. 내가 여자의 취향은 잘 몰라서 말이죠."

"반지를요?"

"결혼을 약속한다는 의미에서 맞추는 것보다는 우리가 이제 시작한다는 의미에서 작은 반지라도 하나 맞추고 싶네요."

"좋아요!"

지금 아버지의 복수도 중요하지만 새롭게 찾아온 인연에게 신경을 쓰는 일도 유하에겐 충분히 중요한 일이었다. 그는 그녀와 함께 오래도록 행복하게 살고 싶다는 소망을 품었다.

       *   *   *

　다음 날, 유하는 그녀와 함께 역삼동에 위치한 금은방을 찾았다.

　"어서오십시오!"

　"커플링을 좀 보러 왔습니다. 다양한 디자인을 좀 볼 수 있습니까?"

　"어떤 물건을 원하시는지요?"

　"아주 특별했으면 합니다."

　"으음……."

　직원은 살짝 고민하더니 이내 두 사람을 매장 위쪽으로 안내했다.

　"예, 이쪽으로 오시지요."

　유하는 민아의 손을 잡고 금은방 직원을 따라 2층으로 올라갔다.

　금은방 '정근당'은 역삼동에서 무려 40년 동안이나 귀금속을 취급한 곳으로, 이 근방에선 가장 유서가 깊은 곳이었다.

　때문에 새롭게 디자인한 반지들도 많았지만, 상당히 오래된 앤티크 풍의 액세서리도 꽤나 양이 많았다.

　그는 유하에게 아주 특별한 반지를 하나 권했다.

"300년쯤 된 금반지입니다. 디자인은 상당히 진부하다고 느낄 수 있겠습니다만, 빈티지를 감안한다면 충분히 소장가치도 있지요."

"흐음, 반지에 대한 사연은 어떻게 됩니까?"

"이조판서 강홍식과 그 아내가 연애결혼을 하면서 금은 장인에게 직접 받아온 물건입니다. 당시에는 꽤나 유명한 물건이었다고 하더군요."

"그렇군요."

유하는 반지가 상당히 마음에 들었는지, 가격부터 물어봤다.

"이 반지는 얼마나 합니까?"

"공시 시가론 대략 1억 9천에 책정이 되어 있습니다만, 프리미엄이 붙어 조금 더 주셔야 합니다."

"그럼 한 2억이면 인수가 가능하겠군요?"

"그렇다고 볼 수 있지요."

그녀는 2억이라는 소리에 진저리를 친다.

"그, 그렇게 값이 비싼 물건은 부담스러워요. 결혼반지라도 그 정도는 좀……."

"하지만 의미가 있지 않습니까?"

"그래도 좀 거부감이 드네요. 반지에 사연이 너무 깊은 것도 부담이 되고요."

"흠……."

유하는 이 반지가 상당히 마음에 들었지만 그녀의 의중을 전혀 헤아리지 않을 수가 없었다.

하여, 그는 자신이 직접 만어를 새겨 반지를 만들기로 한다.

"반지 중에서도 가장 기본형으로 된 백금이 있습니까?"

"예, 그렇습니다."

"그럼 거기에 흑요석을 박아줄 수 있습니까?"

"흑요석이요?"

"네, 흑요석이요."

"만들어 드릴 수는 있습니다만, 어떤 모양으로 가공하느냐에 따라 가격이 좀 비싸질 수 있습니다."

"괜찮습니다. 흑요석을 박아주시기만 한다면 제가 알아서 세공하고 연마해서 쓰겠습니다."

"예, 알겠습니다. 그럼 내일까지 제작해 드리도록 하지요."

"고맙습니다."

흑요석은 석기시대부터 부싯돌로 이용되었으며, 지금은 공업과 의학을 비롯한 넓은 분야에서 이용되곤 한다.

무늬가 특이한 흑요석은 감상용 수석으로 만들어져 거래가 되기도 하는 실정이었다.

연마를 잘 하면 장신구로도 사용이 가능하지만 다른 암석에 비해 그 가치가 높은 편은 아니었다.

하지만 유하는 이 흑요석에 만어를 새겨 넣어 조금 특별한 물건을 만들 생각이다.

그는 진정한 의미를 되새기는 의미에서 자신이 직접 연마와 세공을 할 작정이었던 것이다.

민아 또한 유하의 생각이 아주 마음에 들었던 모양이다.

"유하 씨가 만든 반지라… 너무 낭만적이네요!"

"그렇다면 다행입니다. 혹시 다이아몬드가 아니라 실망하면 어쩌나 했거든요."

"유하 씨 손을 탄 물건은 다이아몬드보다 더 귀해요. 적어도 나에겐 말이죠."

두 사람은 서로를 바라보며 사랑을 주고받았고, 시간이 지나면 지날수록 그 감정은 점점 더 깊어져 가고 있었다.

*   *   *

다음 날, 유하는 금은방에서 가져다 준 반지를 도력진 안에 넣고 본격적인 연마를 시작했다.

우우우우웅─!

도력진에는 유하의 도환과 그의 피, 그리고 민아의 피가 조금 들어가는데, 이 반지는 앞으로 두 사람이 살아가는데 큰 도움이 될 것이다.

상대방의 피가 들어간 흑요석은 도환을 이용해 연마하게

되면 연분홍빛을 띠게 된다.

그리고 그것을 손가락에 끼우면 다시 파란색으로 변해 영롱한 빛을 발하게 되는 것이다.

이 반지는 상대방이 곤경에 처해 있거나 위기에 처하면 검은색으로 변하여 그 신호를 알려주게 된다.

또한, 누군가 한 명이 건강상의 이상이 생기게 된다면 붉은색으로 변하여 이상신호를 보내게 된다.

한마디로 이 반지는 한 때 유행했던 건강반지와 비슷한 물건이지만, 그 심도가 상당히 깊다고 할 수 있었다.

다만, 상대방의 기분이나 현재의 심경을 대변하는 기능은 없기 때문에 단순히 생명과 직결되는 문제만 파악이 가능할 뿐이다.

유하는 백금에 흑요석을 더하여 대략 네 시간 정도 반지를 열심히 연마했다.

그리고 난 후엔 흑요석 안에 만어를 새기고 백금에는 도력진을 배치시켜 손 안에 작은 도력진을 형성했다.

서걱— 서걱—

만어를 새기고 도력진을 새겨 넣으니 아주 특이하면서도 아름다운 반지가 한 쌍 완성되었다.

유하는 그 반지를 바라보며 은근한 미소를 지었다.

"그녀가 좋아하겠군."

이윽고 그는 자라가 기꺼이 잘라 바친 현무의 발톱으로 반지의 케이스를 만들어 잘 갈무리했다.

그러자, 이국적이면서도 품격이 흘러넘치는 반지 케이스가 완성되었다.

"으음, 좋군!"

"끼룩, 끼룩!"

"고맙다. 발톱을 그리 쉽게 잘라주다니……."

"끼룩!"

현무는 자신의 이빨과 발톱을 상당히 중요시 여기기 때문에 그것을 만지는 것조차 꺼려한다.

그렇기 때문에 그 발톱과 이빨은 최고의 무기 재료와 장신구로 여겨지는데, 자라는 유하의 앞날을 위해 기꺼이 자신의 본능적인 부분까지 억누르고 있었던 것이다.

"앞으론 도환을 더 자주 줄게."

"끼룩!"

포악하기 짝이 없는 자라지만 유하의 앞에선 여전히 작은 거북이에 불과한 자라였다.

*　　　*　　　*

그 주 주말, 유하는 이사한 집에서 잘 빠진 정장을 차려입고 한 손에는 꽃과 술병을 챙겼다.

그가 가지고 있는 술병은 하수오의 뿌리에 설삼의 진액을 먹여 만든 최고의 약재가 들어간 명품이었다.

이 술을 한 병 마시면 그 해의 겨울엔 겉옷을 입지 않고 다녀도 감기에 걸리지 않을 정도로 건강한 몸을 얻게 된다.

유하는 민아의 집에 인사를 드리러 가기 전에 한라산 백록담 인근에 삼을 심어놓고 그것을 삼일 후에 채취하여 원조 설삼과 같은 효과를 냈다.

그리고 그것을 하루 반나절을 다려 하수오의 뿌리에 먹였고, 다시 그것을 잘 손질해서 술을 담았다. 도력진으로 발효시킨 이 술은 대략 50년산의 풍미와 약효를 발휘할 것이다.

그는 조금 긴장된 표정으로 그녀의 집안에서 준비한 차량과 운전기사를 맞이했다.

"유하 씨!"

"일찍 오셨군요."

"타세요."

"네, 그럼……."

이미 그녀는 유하의 옆자리에 자리를 잡고 있었고, 유하는 운전기사에게 꾸벅 고개를 숙인 후에 몸을 실었다.

"실례 좀 하겠습니다."

"당치도 않습니다."

이윽고 두 사람은 그녀의 본가가 있는 청담동으로 향했다.

역삼동에서 청담동은 그리 거리가 멀지 않지만, 그녀의 집안에선 백년손님을 모신다는 생각으로 그를 대접하고 있었던 것이다.

유하는 약간 부담이 되긴 했으나, 이 또한 그녀와 함께할 첫걸음이라고 생각하기로 했다.

잠시 후, 두 사람을 태운 차가 민아의 본가이자 진성그룹의 사가 앞에 멈추어 섰다.

"여기예요."

"와… 청담동에 이런 고택이 있었다니, 몰랐습니다."

"워낙 산 밑에 있어서 사람들도 잘 몰라요. 심지어 절간이라고 생각하는 사람도 있는 걸요."

"그럴 수도 있겠습니다."

그녀의 집은 방이 총 99칸이나 되는 대저택으로, 산 하나를 통째로 깎아서 지은 한옥이었다.

워낙 오래전에 지어진 집이라 사람들은 이곳을 유적지라고 생각하기도 하지만, 엄연한 주택이었다.

두 사람은 그녀의 저택 앞에 선 후, 정중히 문고리를 잡고 문을 두드렸다.

쿵쿵쿵!

그러자, 안에서 곱게 한복을 차려 입은 한 중년 여성이 모습을 드러낸다.

"민아 왔구나?"

"어머니, 벌써 나와 계셨어요?"

유하는 그녀를 보자마자 꾸벅 고개를 숙인다.

"안녕하십니까! 강유하라고 합니다!"

"그래요, 반가워요. 어머나, 청년이 잘 생기기도 했네!"

"감사합니다!"

이윽고 그는 그녀에게 꽃다발을 하나 건넸다.

"받으십시오. 오다가 샀습니다."

"어머나, 내가 국화를 좋아하는 것을 어떻게 알았죠?"

"한국적인 멋을 즐기신다고 하시기에 국화를 골라보았습니다."

"호호, 센스가 있네! 합격!"

"감사합니다!"

일단 그녀의 모친에게 점수를 따낸 유하는 곧장 강성그룹 사가의 정자로 향한다.

이곳은 강성그룹의 총수인 김태산이 머리를 식히거나 손님을 맞이하는 곳이다.

유하는 개량한복에 두루마기를 걸친 김태산과 마주쳤다.

"안녕하십니까! 강유하라고 합니다!"

"오오, 어서 오게! 자네가 바로 강 군이군! 일단 앉게나!"

"감사합니다! 그럼……."

신발을 벗고 정자 위에 오른 유하는 방석 위에 양반다리를 하고 앉았다.

유하가 앉자마자 김태산은 그에게 다짜고짜 술을 한 잔 권했다.

"손님이 오면 술은 기본으로 내어오는 법, 식전이지만 괜찮겠나?"

"주시면 감사히 받겠습니다."

이윽고 유하에게 건배를 제의하는 김태산, 그는 여유로운 미소로 그를 바라본다.

"한잔하지."

"예, 그럼……."

고개를 돌려 술잔을 비워낸 유하에게 김태산은 자신을 소개한다.

"나는 강성그룹의 회장 김태산이네. 자네는?"

"저는 강남그룹의 회장을 역임하고 있는 강유하입니다."

이윽고 그는 주머니에서 금색 명함을 꺼내어 그에게 건넸고, 김태산은 살짝 고개를 갸웃거리며 명함을 받았다.

"강남그룹은 신강남이라는 사람에게 넘어갔다던데?"

"외람된 말씀입니다만, 저는 강남그룹의 대주주이자 회장입니다. 그 이름은 제 가명이고요."

"아아……!"

대외적으론 유하가 신강남이라는 사실을 잘 모르고 있었지만, 등기를 확인해 보면 그의 이름이 나오게 되어 있다.

그는 자신이 건달이자 사업가라는 사실을 숨길 생각이 전혀 없었다.

물론, 김태산 역시 건달을 그리 싫어하는 사람은 아닌 것 같았다.

"협객이라는 소문도 있던데, 어떤가?"

"비슷하다고 볼 수 있지요. 하지만 확실한 것은 저 역시 사업가라는 사실이지요."

"하하, 그렇군! 좋아, 그럼 술 한 잔 하면서 더 깊은 얘기를 나누어 보자고."

"감사합니다."

유하는 우연치 않게도 강성그룹의 회장과 술자리를 갖는 행운을 거머쥐게 되었다.

제10장
조력자를 찾다

늦은 밤, 김태산 회장은 유하와의 술자리를 무려 7시간 째 이어나가고 있었다.

꿀꺽!

"크흐! 좋군! 오랜만에 호적수를 만나 술잔을 나누니, 그야말로 안성맞춤이군!"

"그렇게 봐주시니, 그저 감사할 따름입니다."

김태산은 재계의 큰 손으로, 자본금 2천만 원으로 지금의 대기업을 이룬 불굴의 사업가다.

그는 호방한 성격과 시원한 품성, 그리고 사람을 중시하는 기업 경영으로 유명한 인물이다.

김태산은 유하를 보자마자 그에게 매력을 느꼈고, 평소 같았으면 일찌감치 끝냈을 술자리를 계속 이어나가고 있었다.

그는 유하에게 어째서 사업가에서 건달로 전향했는지 물었다.

"사업가가 협객이 되겠다고 마음먹었을 때엔 필시 이유가 있을 터, 무슨 연유에서 주먹계에 입문하게 된 건가?"

"개인적인 사정이라고 할 수도 있고 집안이 관련된 일이라고 할 수도 있지요."

"집안이라?"

"저는 OK그룹을 무너뜨리기 위해 칼을 잡았습니다."

"OK그룹?"

김태산은 너무나도 의외의 말이 나오자, 조금 당황하면서도 흥미로운 표정을 지었다.

"흐음, OK그룹은 재계 순위 50위 안에 드는 굴지의 대기업일세. 그런 그들을 도대체 어떻게 무너뜨릴 생각인가?"

"저는 놈들의 자금줄이 태상그룹이라는 것을 우연치 않게 알아냈습니다. 그리고 그 주요조직이었던 충일 파를 접수한 후에 심장부인 신림 파까지 손에 넣었습니다. 이제 그들의 자금줄은 제가 틀어쥐고 있다고 해도 과언이 아니지요."

"그래, 비자금을 틀어쥐었다는 것은 그들의 숨통을 옥죌 수도 있다는 뜻이기도 하지."

이윽고 김태산은 유하에게 술을 한 잔 따르며 물었다.

"그런데 그 원한이라는 것, 무슨 연유인지 말해줄 수는 없겠나?"

"그것은……."

유하는 자신의 지극히 개인적이면서도 파격적인 비하인드 스토리를 그에게 털어놓아도 좋을지 가늠할 수 없었다.

아무리 그가 민아의 아버지라곤 해도 아직까진 안면이 그리 깊지가 못했던 것이다.

그는 유하가 대답을 망설이는 것이 어떤 연유인지 너무나도 잘 알고 있었다.

때문에 자신도 유하에게 한 가지 비밀을 풀어 정보를 공유하고자 했다.

"사실, 나 역시 OK그룹에 대한 적대감을 가지고 있다네."

"회장님께서 말입니까?"

"알고 있을지는 모르겠으나, 내가 IMF금융 위기에 회사를 말아먹을 뻔한 적이 있었다네. 그때, 나는 OK텔레콤과 합작 프로젝트를 진행 중이었는데, 그들이 돌연 프로젝트를 단독으로 진행시키는 바람에 자금줄이 막혀버렸지."

"그런 사연이……."

"물론, 지금에서 본다면 그 자금은 그리 큰 것이 아니었네만, 나는 그때 텔레콤에 거의 모든 기반을 쏟아부을 생각이었다네. IMF금융 위기는 모든 기업이 줄줄이 무너지는 대란이었다네. 그때 나의 부채는 이미 현금 보유율과 회사의 시가총액을 넘어선 상태였어. 만약 그 프로젝트가 무너지면 지주회사가 도산하는 최악의 경우가 도래할 수도 있었지."

김태산은 그때의 기억을 곱씹으며 이를 갈았다.

"…그때 만약 내가 휘청거리지만 않았어도 지금 우리 그룹은 재계순위 10위 안에 들 수도 있었어. 당시 우리 그룹은 러시아와의 무역을 성사시켜 떼돈을 벌 기회를 엿보고 있었거든. 하지만 금융 위기를 맞고 난 후엔 도저히 부채를 감당할 수 없어 계약을 파기시킬 수밖에 없었어."

"그렇군요. 만약 OK텔레콤과의 합작이 성사되었다면 위기는 충분히 돌파할 수 있었겠습니다."

"그래, 맞아. 그때의 나는 콜라보레이션 실패로 인해 인생의 밑바닥이 과연 어디까지 내려갈 수 있는지 맛보았다네."

그는 자신이 쥐고 있던 잔이 부들부들 떨릴 정도로 분노하며 말했다.

"만약 그놈을 담가버릴 방법이 있다면 정말이지 킬러라도 고용하고 싶었어. 하지만 세월이 지나니 그놈이 죽는 것으론 온전한 복수가 될 수 없을 것이라고 생각했지. 그래서 이를 악물고 버티고 또 버텼다네. 그러다가 취소되었던 러시아와의 교역이 트이면서 회사가 점점 살아가기 시작한 거야."

그는 자신이 유라시아를 누비며 지금의 상선 교역권을 마련한 것이 전부 복수심에 의한 것이라고 말했다.

하지만 그 위기에서 탈출하고 나서도 그의 복수심은 여전히 불타오르고 있었다.

"할 수만 있다면 OK텔레콤을 내가 공격하고 싶지만, 그것은 어불성설이야. 그래서 지금은 그들과 견주어 전혀 손색이 없는 회사로 키워낸 것에 만족하고 있지."

"흐음……."

그제야 유하는 그에게 자신의 사연에 대해 털어놓을 수 있을 것 같았다.

"그런 사연이 있는 줄은 몰랐습니다. 제 사연을 숨기게 된 것을 용서하십시오."

"아니, 아닐세. 사람이 누군가의 얘기를 듣자면 자신의 얘기를 먼저 꺼내는 것이 순리인데, 그것을 거스른 것은 나일세. 너무 괘념치 말게."

"예, 회장님."

이윽고 유하는 자신의 어린 시절의 얘기부터 천천히 테이블 위에 꺼내놓기 시작했다.

*   *   *

대략 30분간의 얘기가 모두 끝난 후, 김태산은 짐짓 무거운 표정을 지었다.

　"흐음, 그저 개인적인 원한이라고 보기엔 얘기가 너무 무겁군."

　"그래서 제가 회장님께 얘기를 드리지 않으려 한 겁니다. 누군가의 사연을 지고 간다는 것은 그만한 무게감이 있는 일이니까요."

　"하지만 그로 인해 뜻하지 않는 조력자들을 만날 수 있는 것 아니겠나?"

　김태산은 유하가 기업계의 해적을 지향하고 있다는 소리를 듣고는 한 가지 좋은 아이템을 제안했다.

　"자네, 혹시 OK텔레콤에게 제2의 자금줄이 있다는 소리를 들어본 적이 있나?"

　"제2의 자금줄이요?"

　"OK그룹은 다른 기업들과 달리 지주회사의 지분을 50%이상 가지고 있다네. 고로, 그 엄청난 자금과 세금을 직접 짊어질 수밖에 없다는 소리지. 하지만 출자 구조가 그만큼 단순하기 때문에 외부의 공격에서 절대적인 우위를 점할 수밖에 없는 거야."

　"으음……."

"그런데 그들에겐 한 가지 치명적인 단점이 있어. 출자 구조가 단순한 만큼 비상시국엔 한국에서 조달할 수 있는 자금이 한정적이라는 것이지."

OK그룹은 지주회사의 지분을 5할 이상 가지고 있는 대신, 딴 주머니를 차기가 상당히 껄끄러운 상황이었다.

때문에 그들은 제2, 제3의 주머니를 따로 차고 다니는 것이었다.

김태산은 유하에게 아주 고급정보이지만, 아직까지 그 진위가 확인되지 않은 정보를 흘렸다.

"임경필은 한국에 제2의 자금줄인 태상그룹을 두었지만, 그것만으론 지금의 사업을 유지하기가 힘들어. 그들이 운영하고 있는 사업들은 한 번 침체에 빠지면 도저히 헤어 나올 수가 없거든. 그래서 절대적 안정권을 가진 현금 동원 수단이 필요했지. 하여, 만들어진 것이 바로 미국계 투자기업인 유비튼 투자신탁이야."

"유비튼 투자신탁이라면 석유 투자를 주력으로 하는 기업 아닙니까?"

"겉보기엔 그렇지. 하지만 그들이 지금까지 걸어온 행보를 조금만 더 깊게 살펴보면 결코 그렇지 않다는 것이 금방 밝혀지게 되어 있어."

김태산은 유하에게 유비튼 투자신탁이 생기고 난 이후부

터 걸어온 행보에 대해 설명한다.

"유비튼 투자신탁은 2001년에 처음 출범하여 미국계 중소기업들을 차례대로 씹어 삼키며 성장했다네. 그리고 그 즈음에 미국계 마피아가 새로 출범했다네. 그들의 이름이 바로 유비튼일세."

"유비튼이라……."

"지금은 맨해튼에서 유비튼이라는 이름을 모르면 간첩이라는 소리를 들을 정도로 세력이 커졌어. 그들의 뒷배가 바로 유비튼 투자신탁이고, 그 지주회사가 바로 OK텔레콤일세."

유하는 김태산이 제3의 자금줄을 미국으로 돌리고 그 정체를 철저히 숨기며 지금까지 지내왔다는 사실을 알 수 있었다.

그렇지만 이 모든 것은 어디까지나 심증일 뿐, 정확한 물증은 그 어디에서 남아 있지 않다는 것이 문제였다.

"내가 아는 한, 가장 믿을 만한 주식가 찌라시 장사꾼에게 받은 내용이지만 증거가 없어. 모든 찌라시가 그러하듯, 그냥 소문에 소문을 조합해서 만든 것이 바로 이 이야기인 것이지."

"흠……."

그는 유하에게 명함을 한 장 건넸다.

"내가 처음 보는 자네에게 이런 소리를 한다는 것 자체가 무엇을 의미하겠나? 함께 저 뒷배들을 무너뜨리자는 것 아니겠나?"

"감사합니다. 이런 저를 신뢰해 주시다니……."

"아닐세. 내 딸이 선택한 남자이니 그만 한 가치가 있다고 생각했어. 그리고 그 가치는 오늘 술자리로 증명이 된 셈이고. 그래서 나는 자네에게 내 정보통을 소개해 줄 생각이네. 내가 전화를 넣어줄 테니 그를 한번 만나보도록 하게. 아마 자네가 OK텔레콤을 무너뜨리는데 큰 도움이 될 거야."

"예, 회장님. 너무나 감사합니다."

"후후, 감사는 무슨."

이윽고 김태산은 이제 슬슬 자신이 이 모든 것을 풀어놓은 진짜 저의에 대해 풀어놨다.

"나는 이제 자네에게 중요한 무언가를 넘겼네. 그럼 자네도 나에게 무언가를 주어도 괜찮다고 생각하는데, 어떤가?"

"말씀만 하십시오. 민아 씨와 갈라서는 것만 아니라면 무엇이든 하겠습니다."

"하하, 사람 참… 그런 얘기가 아닐세. 아니, 그와 정반대라고 할 수 있겠지."

"……?"

"혹시, 자네 우리 그룹이 어떻게 이뤄져 있는지 알고 있나?"

"강성그룹에 대한 소문은 들어서 알고 있습니다. 총 네 개의 가문이 하나의 그룹을 이끌어 나가고 있다고 하더군요."

"그래, 맞아. 안동의 권씨, 사천의 박씨, 울산에 정씨, 그리고 서울의 김씨, 그중 서울의 김씨가 바로 나일세. 이렇게 네 개의 가문이 출자하여 그룹을 이끌고 있지."

그는 유하에게 술을 한 잔 더 따라주며 말을 이었다.

"알고 있는지 모르겠네만, 나에겐 마땅한 후계자가 없어. 그나마 있는 자식이라곤 유약한 아들과 혼기가 꽉 차버린 딸 뿐이지."

"으음, 그런 사연이……."

"아들은 지금 어디에서 무엇을 하고 있는지 알 수가 없어. 놈은 원래 한량 기질이 짙어서 히피족처럼 세계 방방곡곡을 떠돌아다니면서 살고 있거든. 심지어 집안과 연락도 닿질 않아. 그나마 돈이 필요할 때마다 민아에게 전화해서 몇천만 원 단위로 돈을 받아갈 뿐이지."

김태산은 한껏 씁쓸한 한숨을 내뱉는다.

"휴우… 그런데 민아 역시 혼기를 몇 번이고 놓치면서 집안에는 후계자가 없는 상태야. 다음 대의 회장을 선출하는데 필요한 후계자를 내세울 수가 없게 된 것이지."

그는 유하의 손을 잡으며 말했다.

"이런 말하긴 참으로 뭣하네만, 자네가 다음 대 후계자로 입후보해 줄 수는 없겠나?"

"예, 예?! 그, 그건……."

"아네. 뜬금없이 이런 소리를 하는 것이 너무나도 부담이 되겠지. 더군다나 아직까지 약혼도 치르지 않은 남녀 사이인데, 스스로 족쇄를 차는 것 같아서 불편하기도 할 것이고."

"그것보다는……."

김태산은 유하에게 간곡한 말투로 부탁한다.

"자네라면 우리 그룹의 후계자에 입후보하기에 아주 적합하다고 할 수 있어. 어차피 우리 그룹은 출신 성분을 가리지 않거든. 그저 능력과 기질, 그 두 가지면 충분하단 말이지."

"흠……."

"만약 자네가 추후에 민아와 헤어지게 된다고 해도 상관은 없네. 그땐 이미 내가 회사를 장악하고도 남았을 테니까."

"그러니까, 임시적인 후계자 자리에 앉아달라는 말씀이시군요?"

"그래, 바로 그거야! 내가 원하는 것이 바로 그것일세! 물론, 자네가 우리 그룹의 백년손님으로 들어온다면야, 그룹을 통째로 물려받을 수도 있는 것이고."

유하에겐 상당히 부담이 되는 조건이긴 하지만, 먼 미래를 바라보면 김태산만 한 파트너도 없는 것이 사실이다.

그는 김태산 회장의 조건을 받아들이기로 했다.

"좋습니다. 제가 회장님께 힘이 되어 드리겠습니다."

"저, 정말인가?!"

"이 미약한 힘이나마 보탬이 된다면야, 당연히 그렇게 해야지요."

"하하, 고맙네! 정말 고마워!"

"아닙니다, 회장님."

"회장님은 무슨, 이제부터는 아버님이라고 부르게."

"예, 아버님."

그는 한껏 기분이 좋아 외친다.

"여보! 여기 술상 좀 다시 봐줘!"

"아, 아니, 괜찮습니다만……."

"에이, 그럴 수야 있나?! 우리 집안 백년손님인데!"

"……."

말은 임시라고 했지만 그는 이미 유하를 자신의 휘하로 끌어들일 생각을 한 것 같았다.

사실, 김태산의 입장에서 본다면 유하 같은 심복이 있다는 것은 무척이나 큰 힘이 될 것이다.

이미 그는 대한민국에서 가장 굵직한 라인을 확보한 건달이기도 하면서 뛰어난 수완을 가진 사업가이기 때문이다.

아마 그가 후계자 후보로 나선다면 그 어떤 누구도 김태산을 감히 건드리지 못할 것이다.

아직까지 한국은 법보다 주먹이 조금은 더 가까운 나라이기 때문이다.

유하는 이것이 기회이자 위기가 될 수 있다고 생각했다.

'그래, 어차피 김태산 회장이라면 나에게 큰 힘이 될 수 있다. 서로 좋은 것이 좋은 것이지 뭐.'

그는 계속해서 김태산 회장과의 술자리를 이어나갔다.

＊　　　＊　　　＊

다음날 아침, 김태산 회장 일가가 식탁 앞에 앉았다.

맑은 북어국에 콩나물 무침, 그리고 기타 위와 간에 좋은 음식들이 줄을 지어 차려져 있다.

그중에서도 김태산은 유하에게 산삼에 절인 장어구이를 적극 추천한다.

"자자, 꼬리 부분을 먹게."

"가, 감사합니다."

"남자는 자고로 스테미너가 생명일세. 뭐, 천하의 신강남이 스테미너 음식 따위가 필요하진 않겠지만 그래도 좋은 것이 좋은 것 아니겠나?"

"감사합니다, 아버님."

유하는 그가 건넨 장어 꼬리를 먹으며 계속해 얘기를 경청한다.

"다음 주가 후계자 지정일일세. 자네는 그때 나와 함께 그룹의 본부로 가서 후계자 등록을 하면 되는 것일세."

"그렇다면 다음 주가 승부처가 되겠군요."

"그래. 과연 이사회에서 어떤 경연을 지정할지는 모르겠네만, 그 신경전은 본격적으로 시작된다고 해도 과언이 아니겠지."

민아는 벌써부터 집안에 너무 깊게 관여하는 유하를 걱정하듯 물었다.

"너무 부담을 가질 필요는 없어요. 여차하면 내가 나서면 되니까."

"아닙니다. 남아일언중천금, 아버님께서 말씀하셨다시피 천하의 신강남이 한 입으로 두말을 하면 조직이 저를 따르겠습니까?"

"그건 그렇지만……."

그녀 역시 유하의 조직력을 이용하여 회사를 온전히 장악하려는 김태산의 의도를 너무나도 잘 알고 있었다.

때문에 그녀는 괜히 자신 때문에 유하가 꼬리를 잡힌 것이 아닌가 싶어 불안해하고 있었던 것이다.

그런 그녀의 의중을 간파하고 있던 민아의 모친 임문주 여사가 입을 열었다.

"이 또한 유하 군이 우리 집안과 연을 맺는 좋은 자리가 아닐까? 우리 그룹과 유하 군이 엮여서 나쁠 것은 없을 테니까."

"뭐, 그건 그렇지만……."

"아버지의 의도를 너무 곡해하지는 말거라. 또한, 두 남자가 결정한 문제이니 우리 여자들은 한 발자국 물러나자고."

"알겠어요."

김태산 일가의 분위기 자체가 조금은 가부장적인데, 그것은 모두 임문주 여사의 영향 때문이었다.

이것은 한 가정이 바깥일과 집안일로 역할 분담이 극명하게 나뉘는 이점이 있었지만, 남자에겐 엄청난 부담감으로 작용한다.

때문에 장남인 김민수가 집을 나가 스스로 히피족이 되어 버린 것이었다.

그는 이 엄청난 부담감을 이기지 못하여 스스로 왕좌를 포기한 셈이다.

하지만 유하는 그 자리에 대한 부담감을 충분히 이겨낼 만큼 강인한 심성과 영혼을 가진 사람이다.

앞으로 그가 손을 뻗으면 모든 것이 잡히는 그런 시대가 도래 하게 될 것이라고 유하는 굳게 믿고 있었다.

"아무튼 오늘은 이만 자택으로 돌아가고 다음 주에 다시 얘기하자고."

"예, 아버님."

"마저 들게나."

이미 백년손님이 되어버린 유하를 바라보며 김태산은 만족스러운 표정을 짓고 있었다.

*   *   *

유하는 김태산 회장이 소개한 정보꾼을 만나보기 전에 일단 유비튼이라는 기업에 대해 알아보기로 했다.

그는 정보력이라면 둘 째 가라면 서러운 정미주가 있는데 굳이 남의 귀를 먼저 빌릴 필요가 없다고 생각했던 것이다.

그런 유하의 예상대로 정미주는 유비튼이라는 기업과 유비톤이라는 조직을 함께 조사하여 유하에게 보고했다.

"회장님의 말씀대로 유비튼은 아무래도 한국에 그 지주회사를 두고 있는 것이 분명해 보입니다. 자금의 출자나 입점이 모두 서울을 향하고 있었거든요. 또한, 그들은 유난히도 OK그룹과의 접촉이 잦은 것으로 알려져 있습니다."

"흐음… 그렇다면 김태산 회장님의 말씀이 옳았던 겁니까?"

"글쎄요, 그건 더 알아봐야 할 일이지요. 하지만 또 하나 분명한 것은 유비톤이 유비튼 투자신탁의 대주주라는 겁니다. 아마 유비톤은 유비튼 투자신탁이라는 배경을 깔고 마음 껏 노략질을 하고 있음이 분명합니다."

"결국에는 그들 역시 태상그룹처럼 누군가를 완력으로 공격하여 이득을 취했던 것이군요."

"그렇다고 볼 수 있지요."

"흐음……."

"뭐, 어찌되었건 강성그룹 후계자에 입후보하는 것은 잘 선택하신 일입니다. 이들이 정말 OK그룹의 끄나풀이든 아니든 말이죠."

"정말 그렇게 생각합니까?"

"물론이지요. 우리로선 나쁠 것이 없는 조건 아닙니까? 반쪽짜리이긴 해도 그들이 OK그룹과 관련이 있다는 정보는 신빙성이 있는 것이기도 하고요."

그녀는 유하에게 강성그룹 4대 일가에 대한 정보를 종합한 차트를 건넸다.

"이것을 숙지하고 계십시오. 다음 주가 지나면 아마도 치열한 경합이 시작될 겁니다. 그때를 미리 대비하는 것이 좋을 것 같군요."

"당신은 내가 정말로 강성그룹의 후계자가 되기를 바라는 것 같군요."

"그럼 더할 나위 없이 좋은 일 아닙니까?"

정미주는 유하가 대한민국 최고의 그룹을 일구는 것이 자신의 최대 목표라고 생각하는 여자였다.

그녀는 자신의 손으로 유하를 왕좌에 올리고 무소불위의 권력을 얻기를 바라고 있었던 것이다.

"당신이 말했습니다. 자신이 유비이면 저는 제갈량이라고요. 저는 기왕지사 주군이 출사한다면 황제가 되길 원합니다. 그 미만은 필요도 없어요."

"후후, 역시 야망이 있는 사람이군요."

"그래서 나를 선택한 것 아니었습니까?"

"그건 그렇지요."

그녀는 유하에게 영화티켓을 건네며 말했다.

"일단 그렇게 하자면 그녀와의 관계부터 더욱더 견고히 하십시오. 매일 고리타분한 영화만 보지 말고 이런 익사이팅한 영화도 좀 보고 그러세요. 시간이 되면 여행도 가시고."

"너무 적극적으로 밀어주는 것 아닙니까?"

"저로선 남는 장사니까요. 기왕지사 여행을 가는 김에 후사를 보는 것도 좋고요."

"…꼭 왕가의 대비를 보는 것 같군요."

"후후, 대비보다는 그냥 책사쯤이라고 해주세요."

아무래도 그녀는 유하를 자신이 성공할 디딤돌이라고 생각하는 모양이다.

*　　*　　*

늦은 밤, 유하는 김태산의 정보통인 조진만을 만나고 있었
다.

그는 아무것도 없는 황량한 낚시터를 소유하고 있었는데,
매일 그곳에 낚싯대를 드리우는 것을 취미로 삼고 있었다.

유하는 그의 곁에 앉아 함께 낚싯대를 던져놓고 있었다.

그는 유하에게 유비튼 투자신탁에 대해 설명하기 시작했
다.

"잘 아시겠지만, 그들은 마피아 특유의 엄청난 조직력으로
회사를 운영합니다. 그들에게 걸린 회사치고 제대로 살아남
은 곳이 없지요."

"정말 기업계의 해적이군요."

"그들의 표적은 회사뿐만이 아닙니다. 좁게는 경찰, 넓게
는 검찰, 더 넓게는 국회의원과 인터폴까지 잡아 족치는 놈들
이지요."

"무지막지하군……."

"하지만 분명한 것은 그들의 자금줄이 OK텔레콤과 연결되
어 있다는 겁니다."

그는 유하에게 자금의 출납 내역이 적힌 차트를 건넸다.

"내가 바로 며칠 전에 입수한 출납 내역입니다. 스위스 은행 계좌부터 미국 시티뱅크까지, 아주 다양한 경로로 자금을 옮깁니다. 그래서 지금까지 눈에 띄지 않았던 것이고요."

"그렇군요."

"아마 이놈들에 대해 조금 더 자세히 알아보고자 한다면 미국 현지에 있는 정보통을 이용하는 편이 좋을 겁니다."

그는 유하에게 라이터를 하나 건넸다.

"이곳에 나온 주소대로 찾아가보세요. 그곳의 마스터에게 목련이 보냈다고 말하면 정보를 받을 수 있을 겁니다."

"고맙습니다."

유하는 그에게서 받은 라이터를 챙겨 낚시터를 나섰다.

*　　*　　*

며칠 후, 강성그룹의 정기이사회가 열렸다.

강성그룹의 심장부이자 네 가문이 모여 중요사안을 회의하는 정사암빌딩에 김태산과 유하가 모습을 드러냈다.

지분을 나눈 네 가문들은 새롭게 후계자로 입후보할 유하를 바라보며 각자 의견을 하나씩 내뱉었다.

"저자가 바로 신강남이라는 사람인 모양이군……."

"다른 사람도 아니고 신강남이라니, 저 집안도 후계자가 무척이나 귀한 모양이군."

잠시 후, 이사회 의석에 앉는 김태산에게 안동 권씨의 장손 권민욱이 다가와 말을 걸었다.

"회장님, 오셨습니까?"

"자네 왔군. 잘 지냈는가?"

"그럼요. 덕분에 무탈했습니다."

그는 유하의 얼굴을 한 번 슥 훑더니 이내 실소를 흘렸다.

"후후, 신강남이라는 사람이 누구인가 했더니 당신이었군 요?"

"나를 아십니까?"

"강남그룹 신강남 회장을 모르면 간첩이지요. 듣자 하니 손속이 잔인하기로 유명하더군요."

"그런 소문이 여기까지 퍼졌습니까? 몰랐군요."

"세상 참, 건달이 사업이라니. 김씨 일가도 어지간히 손이 귀했던 모양입니다."

권민욱은 김태산 일가와 아주 오랜 시간 동안 회장 자리를 놓고 경합했던 숙적이자 라이벌이었다.

때문에 그들에 대한 적대감이 다른 가문들에 비해 남다를 수밖에 없었다.

또한, 권민욱은 쉰이 다 되어가는 나이에 민아를 얻으려 김 태산 일가를 협박하기도 했었다.

가장 대표적인 만행은 민아가 고등학교를 다니던 시절, 그녀를 억지로 겁간하기 위해 벌였던 납치극이었다.

다행이도 경찰이 미연에 그녀를 발견하였기에 망정이지, 잘못했으면 지금쯤 그녀는 안동 권씨의 일원이 되었을지도 모른다.

그렇기 때문에 유하는 그에 대한 감정이 상당히 좋지 않은 상태였다.

그는 김태산을 바라보며 나직이 물었다.

"…놈을 좀 손봐도 되겠습니까?"

그러나 그는 조용히 고개를 끄덕인다.

"좋을 대로 하게."

"감사합니다."

유하는 눈동자에 살기를 담아 권민욱을 노려봤다.

"손속이 잔인한 것은 적대관계에 있는 사람들에 대한 얘기입니다. 나와 이해관계만 얽히지 않으면 사람을 해치지 않아요."

"오호라, 그럼 우리 모두를 해칠 수도 있다는 소리군요?"

"당신처럼 깝죽거리다가는 모가지가 잘릴 수도 있지요."

"……."

어차피 그는 후계 구도 확립을 위해 이사진을 압박할 필요가 있다고 느끼던 찰나였고, 김태산 역시 그러했다.

유하는 그의 어깨에 손을 올리며 물었다.

"왜 내가 이 바닥에서 유명해졌는지 아십니까?"

"……"

"나는 적을 상대할 때마다 반드시 아킬레스건을 끊어놓습니다. 다시는 재기할 수 없도록 아주 처참하게 끝을 보지요. 이제는 회장님이 내 보스입니다. 보스와 척을 진 사람들은 나와 적입니다. 민아 씨를 얻기 위해 벌였던 그 치졸한 짓거리들을 한 번만 더 벌였다간 아가리가 찢어질 겁니다."

아주 조용히 으름장을 놓은 유하는 그의 등을 살짝 밀었다.

"그만 자리로 돌아가 엉덩이 붙이고 앉는 편이 좋습니다. 나는 회장 이외엔 위아래가 없는 사람이니, 더 이상 이곳에 있다간 아주 작살이 나는 수가 있어요."

"…정말 위아래가 없는 사람이군. 그런 자세로 무슨 후계자가 되겠다는 건가?"

"위아래를 알아볼 수 없도록 만들어 드릴까요?"

"……"

더 이상 유하와 말을 섞었다간 좋은 꼴을 못 볼 것 같다고 생각한 권민욱은 이내 자리를 떴다.

"…두고 봅시다."

"봐서 좋을 것 없는 얼굴, 피차 자주 보지 맙시다. 그리고 강남 인근을 지나다닐 때엔 특히나 조심하시고요."

김태산은 돌아서는 권민욱을 바라보며 유하의 어깨를 두드린다.

"고맙네."

"별말씀을요."

어차피 이 집단에 들어온 이상, 유하는 민아를 건드린 그를 도저히 용서할 수가 없다고 생각한다.

'1차 목표는 저놈이다.'

그의 눈에 이채가 서리는 듯하다.

외전
소년과 소녀

이른 아침, 유하의 집은 시끌벅적하다.

"유나야! 학교 가야지!"

"……."

"강유나!"

"으음……."

강남으로 이사 온 후, 유나는 아침은 예전과는 달리 조금
더 여유로웠다. 원래 그녀의 학교는 집과 대략 1시간 30분가
량 떨어져 있었기 때문에 등교하기가 쉽지 않았다.

하지만 강남으로 이사를 온 이후엔 집 인근의 사립학교로

전학하면서 걸어서 불과 15분 거리에 학교를 두게 되었다.

때문에 며칠 동안 늦잠을 잤더니, 아침에 일어나 움직이는 것이 썩 녹록치 않아졌다.

그녀는 언니 유채의 성화에 못 이겨 느릿느릿 자리에서 일어섰다.

"하암! 몇 시야?"

"몇 시긴! 일곱 시지!"

"허, 허억! 벌써?!"

"어서 일어나 씻어! 도대체 몇 번을 깨워야 일어나 움직이는 거야?"

"히, 히이익!"

재빨리 자리에서 일어선 유나는 입고 있던 옷을 홀렁홀렁 벗어 방 안 구석에 집어던지곤, 이내 양치질을 시작했다.

치카치카!

바로 그때, 출근 준비로 거실을 오가던 유하와 유나가 마주쳤다. 그는 속옷 바람으로 돌아다니고 있는 유나를 바라보며 고개를 가로저었다.

"쯧쯧, 저래서 무슨 시집이나 가겠어?"

"무우워, 놔아도 하교에서 이기이 마아나!(뭐, 나도 학교에선 인기 많아!)"

"됐다. 내가 너를 두고 무슨 소리를 하겠냐? 어서 옷이나

좀 입어! 어떻게 서른이 다 된 오빠가 있는 집에서 옷을 훌러
덩 벗고 다니는 여동생이 있을 수 있어?!'

"체엣!'

그녀는 유하의 성화에 못 이겨 억지로 옷 속으로 몸을 밀어
넣었다.

스윽, 스윽—!

유하는 그런 그녀를 바라보며 시간을 재촉했다.

"5분 줄게. 그 안에 옷을 다 갈아입으면 학교까지 내가 태
워다주고, 그렇지 않으면 걸어가야 할 것이야."

"아, 알겠어! 금방 나가!'

유나는 15분이라는 시간도 아깝다고 생각했는지 황급히
등교를 서둘렀다.

이윽고 5분 후, 유나는 부스스한 머리를 대충 질끈 묶어 준
비를 마친다.

"짠! 다 됐다!'

"이제야 좀 빠릿빠릿하게 움직이는군."

유하는 아직도 눈에 눈곱이 잔뜩 낀 유나를 데리고 집을 나
선다.

"유채야, 오빠 간다."

"응! 다녀와!'

"언니, 나도 다녀올게!'

"그래! 넌 오늘 일찍 들어와야 해! 지훈 씨가 학원을 알아봐 두었어! 오늘이 등록이니까 늦으면 안 돼! 알겠어?!"

"응!"

이윽고 두 남매는 지하 주차장으로 향한다.

*   *   *

7시 20분, 유나는 유하 덕분에 지각 10분 전에 등교를 마칠 수 있었다. 유하가 출퇴근용으로 사용하는 수제 스포츠카에서 내린 그녀는 그에게 손을 내민다.

"오빠, 나 만 원만."

"뭐? 네가 만 원은 어디에다 쓰게? 언니가 용돈 안 줘?"

"주긴 주는데, 중학교 때 그대로야. 여긴 강남인데 언니는 한 달에 3만 원으로 생활하래. 그것으론 쉬는 시간에 우유도 못 사먹어."

"흐음, 그래?"

유채는 근검절약이 몸에 배어 있기 때문에 유나에게 들어가는 돈을 최대한으로 절삭하는 중이었다. 만약 유하가 그녀에게 용돈을 준다면 분명 한소리를 들을 것이 뻔했다.

하지만 그는 지갑에서 5만 원권 세 장을 꺼내며 말했다.

"친구들과 같이 사 먹어. 오빠에게 받은 돈을 뒤로 빼돌려

허튼 수작을 부릴 생각일랑 아예 하지도 말고."

"아싸! 오빠 최고!"

그녀는 유하의 볼에 입을 맞춘 후, 곧장 학교 안으로 달려 들어간다.

쪽!

"헤헤, 오빠 안녕!"

"공부 열심히 해! 땡땡이치면 혼난다!"

"응!"

이제 유하는 차에 시동을 걸어 빠르게 학교 앞을 빠져나간 다.

끼이이익, 부아아아아앙!

잘못하면 길이 가장 막힐 최악의 시간대에 걸리기 때문에 되도록 빨리 도로에 안착하려던 것이었다.

그런 유하를 바라보며 그녀는 흐뭇한 미소를 지었다.

"이야, 우리 오빠도 이렇게 통이 큰 행동을 할 때가 다 있네!"

이윽고 그녀는 교문 안으로 들어섰고, 학교 선생들이 그녀를 맞이했다.

"강유나, 오늘은 조금 늦었네?"

"헤헤, 시골에서 올라왔더니 영 적응이 안 돼서요. 차라리 아주 빨리 일어나면 몰라도 어중간하게 일어나니까 몸이 버티지를 못하네요."

"뭐?"

그녀의 담임인 김성찬은 이내 꿀밤을 한 대 쥐어박았다.

콩!

"아얏!"

"어린 놈이 별말을 다 하네! 선생님이 네 나이 때엔 철도 씹어 먹고 그랬어! 무슨 말도 안 되는 소리를!"

"선생님이 무슨 태권V예요? 철을 씹어 먹게!"

"아니, 이 녀석이……?"

그녀는 김성찬의 손을 요리조리 피해 교실로 향한다.

"헤헤, 선생님 이따가 봐요!"

"너, 이리 안 와?!"

"헤헤헤헤!"

천하의 왈가닥 유나가 선생님의 부름에 가만히 응할 리가 없으니, 그는 이내 실소를 흘린다.

"녀석 참, 저래서 무슨 시집이나 가겠어?"

사람들이 유나를 바라보며 하는 소리는 대부분 같다.

'시집이나 가겠어?'

그녀는 자신에게 하는 이 말이 썩 기분 나쁘지 않았지만, 유독 요즘 그 소리를 하면 가슴이 철렁 내려앉은 사람이 생겼다.

부아아아앙!

교문을 뚫고 달려오는 한 대의 오토바이, 유나는 재빨리 손거울을 꺼내 자신의 앞머리를 정리했다.

"이, 이상한가? 아닌가?!"

빛의 속도로 머리를 정리한 그녀는 이내 오토바이가 세워진 곳으로 달려간다.

그곳에는 멋들어지게 헬멧을 벗는 한 남학생이 서 있었는데, 그는 학교 내에서도 인기가 가장 많은 이른 바 '얼짱'이었다.

성진 고등학교 얼짱 이세빈은 자신을 향해 달려오는 유나를 그냥 모른 척 지나친다.

"……"

"오빠! 어디가요?"

하지만 유나는 그에게 찰싹 달라붙어 계속해 말을 건다.

"우와, 오빠는 아침부터 잘생겼네요? 도대체 뭘 먹고 살면 그렇게 잘생길 수가 있어요?"

"……"

이세빈은 유나와 같은 동아리에 다니는 학생인데, 전교 회의에서 총무를 맡고 있을 정도로 인맥이 넓었다.

그러나 워낙 말이 없다 보니 제대로 그의 속내를 다 아는 사람은 없다고 봐도 무방할 것이다.

그의 무뚝뚝함은 왈가닥 유나라고 별반 다를 것이 없었다.

"오빠! 오늘 아침은……"

"…이래서 무슨 시집이나 가겠어?"

"네, 네?"

"여자가 남자에게 너무 들이대면 매력이 없다."

"허, 허억……."

"…라고 어머니께서 말씀하시더군. 그러니 너도 시집을 가고 싶다면 조신하게 행동하는 편이 좋지 않을까."

"……."

유나는 잘 모르고 있었지만 이세빈이 이 정도로 말을 길게 하는 것은 일 년에 한두 번 손에 꼽을 정도였다.

그러나 그녀는 연중행사인 그의 긴 대사를 거의 매일 듣고 있었던 것이다.

그녀에게 매일 시집이나 가겠냐는 말을 하는 사람은 바로 이세빈이었던 것이다.

"피이… 나도 시집 갈 수 있어요! 내가 얼마나 건강한 자궁을 가졌는데?!"

"뭐, 뭐?"

"얼마 전에 자궁 경부 암 예방접종을 맞았는데, 선생님이 그랬어요! 아이는 잘 낳겠다고!"

"……."

이세빈은 거침이 없는 그녀의 발언에 고개를 가로저었다.

"됐다. 그만 들어가야겠어."

"오, 오빠!"

진저리를 치는 이세빈이었지만 그녀는 여전히 그의 껌 딱지처럼 군다.

"같이 가요!"

아마 그녀의 이런 성격이 덕분에 유나는 지금까지 그 어디를 가도 미움을 받지 않았던 모양이다.

*　　*　　*

1교시가 끝난 후, 유나는 아침나절에 사두었던 군것질 거리를 꺼내어 먹기 시작했다.

"쩝쩝! 이야, 공짜로 먹는 과자가 이렇게 맛있었나?!"

평소에는 하루에 백 원씩 아껴서 사먹었을 과자를 이렇게 푸짐하게 꺼내어 먹으니 세상을 다 가진 것 같은 유나였다.

하지만 그런 그녀의 평화도 그리 오래가지는 못했다.

드르르륵, 쾅!

그녀가 있는 1학년 4반 교실로 2학년 여학생 몇 명이 들어와 유나의 자리 앞으로 다가왔다. 그리곤 그녀의 손에 쥐어져 있던 과자를 손으로 쳐서 날려버렸다.

퍽!

"……"

"이런 개념 없는 년, 지금 과자가 목구멍으로 쳐 넘어가지?

아주 죽고 싶어 환장을 한 모양이야."

"왜 이래요? 다른 것은 몰라도 먹을 때 건드리는 것은 매너가 아니라고 배웠는데요?"

"쿡쿡, 이년이 정말 상황파악이 안 되는 모양이네!"

그녀들은 유나의 머리채를 쥐어 잡은 후, 그대로 화장실로 향했다.

쫘득!

"아, 아아아아!"

"이년이 아주 죽고 싶어 환장을 한 모양이군! 감히 우리 유리의 남친을 빼앗으려 들어?!"

"나, 남친? 나는 그런 적이 전혀 없는 것 같은데!"

"흥! 발뺌을 해도 소용이 없어! 네가 세빈 선배의 곁을 졸졸 따라다니면서 꼬리를 치는 것 다 봤으니까!"

"세, 세빈 선배? 세빈 오빠를 말하는 건가?"

"세빈 오빠? 이 뻔뻔한 년이!"

그녀들은 유나를 끌고 화장실까지 가는 동안 욕이란 욕은 다 퍼부으며 소리를 질렀다.

"너 오늘 죽었어, 이년아!"

"내장을 빼서 아주 젓갈을 담가버릴 테다!"

"아, 진짜!"

가만히 그녀들의 손에 이끌려 가던 유나가 이내 괴력을 발

휘했다.

"이것 좀 놔!"

퍼억!

"꺄악!"

그녀는 아침나절에 먹었던 과자로 쌓아두었던 힘을 한 방에 폭발시켜 그녀들을 밀쳐내곤 이내 머리를 단정히 묶었다.

"거참, 아침 해장부터 이게 무슨 짓들이야? 언니들은 할 일이 그렇게 없어?"

"뭐, 이년이?!"

다시 자리에서 일어서는 그녀들, 하지만 그녀들은 이내 동작을 멈추게 되었다.

"됐어. 그만해."

"유리야!"

유나는 반사적으로 고개를 돌렸고, 그곳에는 긴 머리를 러블리펌으로 예쁘게 볶은 여학생이 서 있었다. 상당히 호리호리하면서도 볼륨감이 있는 그녀의 몸매는 가히 환상적이라고 할 수 있었는데, 그 얼굴은 연예인 뺨 칠 정도로 수려했다.

'예, 예쁘다······!'

유나는 자신은 범접도 할 수 없다는 생각이 들 정도로 아름다운 그녀를 바라보며 아예 넋을 놓아버렸다.

그러자, 유리라는 여학생이 그녀의 정신이 번쩍 들도록 뺨을 한 대 후려갈겼다.

짜악!

"으윽!"

"…더러운 년, 어디 할 짓이 없어서 남의 남자를 탐내?"

"남의 남자?"

"그래, 이 갈보 같은 것아. 세빈이 오빠는 내 남자인 거, 몰랐어?"

"……."

그녀가 알기론 세빈은 교제 중인 여학생이 전혀 없었고, 전에도 그랬던 것으로 알려져 있었다.

그런데 다짜고짜 자신의 남자라는 둥, 말도 안 되는 소리를 지껄이니 기가 찰 수밖에 없는 유나였다.

그녀는 이윽고 번쩍 든 정신을 챙겨 유리에게 말했다.

"아니, 도대체 무슨 논리로 아직까지 모태솔로인 남자를 자신의 것이라고 우기는 거죠?"

"그거야……."

"아아, 그쪽이 나보다 예쁘니까 그냥 포기를 해라, 뭐 그런 논리인가요?"

"……."

아무리 많은 여학생들이 유나를 압박하고 있었지만 여기서 물러설 유나가 아니다.

단순히 이세빈이라는 학생이 좋아서가 아니고 자신의 자존심이 불합리함을 용납할 수가 없었기 때문이다.

"뭐, 세빈 오빠는 안 따라다니면 그만이에요. 나도 이렇게 난리법석을 떨면서 연애를 하고 싶은 마음은 없으니까. 하지만 당신이 있지도 않은 얘기를 꾸며서 사람을 폭행한 것은 도저히 용납을 할 수가 없네요."

"뭐, 뭐…?!"

"사과하세요."

"……."

"사과하지 않으면 아주 험한 꼴을 당하게 될 겁니다."

"그런데 이년이!"

유나의 논리정연한 주장에 열이 받을 대로 받아버린 그녀들은 일제히 유나를 향해 손톱을 드러냈다.

"야, 족쳐!"

"죽어!"

하지만 유나는 그녀들의 손아귀에 붙잡히면서도 절대로 굴하지 않았다.

"그래, 죽여! 하지만 너희들 중에 한 명은 오늘 나에게 정말 죽을 줄 알아!"

목포에서 억척스럽게 살아온 그녀인 만큼 그 집념과 투지는 타의 추정을 불허할 정도다.

유나는 무려 열 명이 넘는 여학생들에게 머리채를 휘어잡혔음에도 불구하고 마구 손을 휘저어 얼굴을 다 할퀴어 버렸다.

촤락!

"꺄아아아악!"

"이, 이런 미친년이?!"

"흥! 미친년 건드리면 요단강 건너는 것 안 배웠냐!'

무지막지한 그녀의 돌격, 그 때문인지 주변에는 벌써 50명이 넘는 구경꾼이 모여 있었다. 그 학생들은 유나를 말려야할지 말지 고민하느라 발만 동동 구르고 있을 뿐이었다.

바로 그때, 한 학생이 나선다.

"…그 손 놓지 못 해!"

"세, 세빈 선배?!'

"지금 학교에서 뭣들 하는 거야? 이렇게 패싸움을 벌이면 정학이라는 것을 모르는 것은 아니겠지?'

"그, 그건……"

이윽고 유나는 그녀들 사이를 비집고 나선다.

"비켜! 상대도 안 되는 것들이……!'

"……"

유나는 그녀들 사이에서 모습들 드러내더니 다짜고짜 이세빈의 멱살을 쥔다.

꽈득!

"어, 어어……."

"어이, 이세빈이!"

"왜, 왜?"

"앞으로 몸 간수 잘해! 너 때문에 이 난리가 난 것 안 보여!"

"난 이 아이들과 상관이 없는데……."

"상관이 왜 없어! 네가 사람의 마음을 가지고 장난을 치지 않았다면 이런 일이 벌어졌겠어?!"

"……."

"우리 오빠가 그랬어! 너같이 여자의 마음을 가지고 노는 놈들이 세상에서 가장 나쁜 놈이라고!"

"그, 그건……."

"포커페이스 좋아하네! 그냥 넌 아웃사이더야! 흥! 난 너처럼 여자의 마음을 가지고 노는 놈들은 딱 질색이야! 나 혼자 시작한 교우 관계이지만, 난 너랑 이제 절교다!"

그리곤 이내 교실로 들어가 버린 그녀, 세빈은 멍한 표정으로 그녀를 바라보고 있었다.

*　　　*　　　*

방과 후, 유나는 동아리 활동을 접고 곧장 집으로 향했다.

"젠장… 오늘 하루 일진 사납네!"

그녀는 오늘 유하에게 받은 돈으로 피자 전문점에 들러 라지 피자 두 판을 주문했다.

"여기요! 콤비네이션피자 큰 거 하나랑 치즈 피자 하나 큰 거 주세요!"

"네, 알겠습니다!"

이윽고 자리에 앉아 피자를 기다리는 그녀, 그런 그녀에게로 한 무리의 여학생들이 다가왔다.

딸랑!

문을 열고 들어서는 그녀들을 보자 유나의 표정이 굳어졌다.

"…한 판 뜨자고? 좋았어, 한 판 뜨자! 피자가 식기 전에 끝장을 내주지!"

그녀에게 다가왔던 무리들은 바로 오전에 한 판 크게 싸웠던 유리와 친구들이었다. 유리는 피자를 계산하기 위해 서 있던 줄을 제치고 나가 지갑을 내밀었다.

"저 아이가 산 피자를 전부 다 계산해 주고 같은 것으로 열 판 더 줘요."

"열 판이요? 포장이신가요?"

유나에게로 고개를 돌린 유리, 그녀는 퉁명스럽게 묻는다.

"집이 이곳에서 멀어?"

"아, 아니……."

"그럼 테이크아웃으로 할게요. 콜라는 다섯 병이면 될 것 같고요."

"네, 알겠습니다!"

곧바로 주문을 수주한 종업원, 유리는 서서히 걸어가 유나의 곁에 앉았다.

그리곤 그녀에게 쭈뼛쭈뼛 말을 건넸다.

"…고마워."

"뭐?"

"고맙다고……."

유나는 그녀를 바라보며 고개를 갸웃거린다.

"뭐가 고마워? 정신 차리도록 쥐어 패줘서 고맙다고?"

"아니, 오늘 네가 해준 말……."

"내가 해준 말?"

"이세빈, 그 자식에게 한 말. 너무나 고마웠어……."

갑자기 눈물을 흘리기 시작하는 유리, 유나는 지금 이 상황이 전혀 이해를 할 수가 없었다.

"어, 어어……?"

"흑흑, 이세빈 그 개자식! 내가 중학교 때부터 그렇게 쫓아다녔는데도 눈길 한 번 주지 않았어! 아니, 말 한 마디 해준 적도 없었어! 내가 자신을 좋아한다고 생각하니까 더 무시하는 것 같았어! 다른 여자들과는 말도 섞으면서 나랑은 아예 눈도 안 마주쳤어!"

"…개자식이네, 그거!"

"흑흑! 유나야……!"

그녀는 후배인 유나의 품에 얼굴을 묻었고, 유나는 그녀의 등을 가만히 두드려주었다.

"괜찮아. 그런 개자식은 잊고 새로운 사람들을 찾으면 되는 것 아니겠어?"

"흑흑……!"

이윽고 유나는 그녀를 떨어뜨려놓더니, 이내 이곳에 있는 일행들에게 말했다.

"가자! 이곳에서 우리 집까진 얼마 걸리지 않아! 집에는 먹을 것도 많고 귀엽지 않지만, 애완 거북도 있어!"

"애완거북?"

"우리 오빠가 키우는 거북인데, 사람을 알아 봐."

"에이, 거짓말……."

"진짜야! 이름이 자라이긴 한데, 덩치가 점점 더 커지고 있어. 이제는 세숫대야에도 잘 안 들어가."

"정말……?"

"가자! 내가 지금 말을 알아듣는 거북을 소개해 줄게!"

그녀들은 주문되어 나온 피자를 챙겨 유나의 집으로 향했다.

*   *   *

늦은 오후, 유채는 다짜고짜 열 명이 넘는 친구들을 끌고
온 유나를 바라보며 할 말을 잃었다.

"도, 도대체 이 많은 친구들은 어디서 데리고 온 거야?"

"친구 아니야. 언니들이야. 엄연히 따지자면, 나이가 많은
친구들이라고나 할까?"

"뭐야, 그게?"

"아무튼 그런 것이 있어. 언니, 오늘 내 방에서 좀 놀아도
되지? 학원은 내가 이따가 친구들과 함께 갈게. 알아보니까
그 학원이 전국 톱이래. 강사가 친구네 어머니시고."

자신의 할 일을 다하겠다는데 뭐가 할 말이 있을 리가 없는
유채다.

"그, 그래… 그럼 놀아."

"응, 언니!"

이윽고 유나는 유하의 방으로 들어가 곤히 잠들어 있던 자
라를 깨웠다.

퍼억!

"끼, 끼룩?"

"일어나, 이 느림보 거북아!"

그러자, 상당히 귀찮다는 표정을 지은 자라가 껍질 밖으로
고개를 쑥 내밀었다.

"끼룩……?"

유나는 이제야 슬슬 움직이는 자라를 바라보며 말했다.

"잘 봐, 이 녀석이 말을 알아듣는지 못하는지."

그녀는 자라의 머리를 툭툭 치며 말했다.

"자라, 저리 가."

"…끼룩."

슥슥―

자라는 그녀가 가리킨 곳으로 슬금슬금 기어갔고, 유리와 친구들은 길고 진한 감탄사를 내뱉었다.

"우, 우와! 거북이가 말을 알아듣네?"

"후후! 당연하지! 느리지만 머리는 좋아."

이윽고 그녀는 자라에게 유하가 주는 간식인 도환을 꺼내어 흔든다.

"자자, 자라! 달려!"

"끼루욱……!"

그녀는 자라의 먹이를 저만치 멀리 집어던졌고, 자라는 하는 수 없이 전력질주를 시작했다.

사사사삿!

그리곤 이내 도환을 씹어 먹는 자라, 유리와 친구들은 그제야 유나의 말을 믿게 되었다.

"우와, 세상에 이런 거북이 다 있어?!"

"예전에 우리 오빠가 산에서 데려왔는데, 용봉탕을 끓여먹으려다 말았거든. 그런데 냄새도 안내고 밥도 많이 안 먹어서 그냥 키우는 중이야."

"끼, 끼룩……."

자라는 호시탐탐 자신을 노리는 유나에게서 슬금슬금 도망가기 시작했고, 그러다 방문을 열고 들어온 누군가의 발에 툭 걸렸다.

퍽!

"뭐야? 왜 뒷걸음질을 치고 그래?"

"끼룩, 끼룩!"

방문을 열고 들어선 사람은 다름 아닌 유하였고, 자라는 주인인 유하의 뒤로 숨어 고개만 이리저리 흔들 뿐이었다.

유하는 자신의 방을 점령한 소녀들을 바라보며 물었다.

"왜 자라는 괴롭히고 그래? 한창 성장기라 힘들 텐데."

"그, 그러니까……."

유나는 유하의 뒤에 서 있던 자라의 머리를 툭 치며 말했다.

퍼억!

"끼우욱!"

"망할 거북, 내가 먹이를 주었는데도 도망가?"

"그만, 그만해. 넌 왜 동물을 사랑할 줄 몰라? 자라가 뭘 어쨌다고?"

"흥! 내 말만 안 들으니까 그렇지. "

"네가 자라를 싫어하니까 그렇지. 자라, 유채에게 가 있어."

"끼룩!"

자라는 그나마 자신을 아끼는 유채에게로 도망갔고, 유하는 방에 남은 그녀들을 바라보며 말했다.

"그나저나 너희들은 다 큰 오빠의 방에 함부로 들어와도 되는 거야? 못 볼 물건이라도 나오면 어쩌려고?"

"어, 어머나⋯⋯."

"쳇, 어차피 우리도 알 건 다 알아!"

"하긴, 요즘 애들이 애들이냐?"

이윽고 유하는 거칠게 넥타이를 풀며 말했다.

"방에서 노는 것은 좋은데 어지럽히지는 마라. 치우기 힘드니까."

"네, 오빠!"

"아참, 그리고 피자는 몸에 별로 좋지 않아. 다음부터는 다른 것을 사먹도록."

"네!"

유하는 넥타이와 셔츠를 풀어 헤치며 방을 나섰고, 소녀들은 그런 유하의 모습을 바라보며 눈을 반짝였다.

"어머, 어머! 저 오빠, 누구야?!"

"누구긴, 우리 오빠지."

"친오빠?!"

"응, 요즘 사업으로 바쁘다고 집에 항상 늦게 들어와. 언제는 항상 같이 밥을 먹더니, 나이를 먹어서 그런가봐."

"머, 멋있다!"

183㎝의 훤칠한 키에 벌목과 운동으로 다져진 유하의 다부진 어깨는 소녀들의 가슴을 설레게 하기에 충분했다. 더군다나 환골탈태로 만들어진 환상적인 외모는 그 어떤 여자라도 심장이 쿵덕거릴 수밖에 없었다.

순간, 유리의 눈에서 한 방울 눈물이 흐르기 시작한다.

"저, 오빠… 내 운명이야!"

"뭐라고?"

"운명이야! 오빠, 사랑해요!"

"……."

그제야 유나는 유리가 왜 그렇게 무시를 받았는지 알 것도 같았다.

'저러니 남자에게 차이지.'

유나는 아무래도 초장부터 친구를 잘못 사귄 것 아닌가 싶어 머리가 복잡해졌다.

*　　　*　　　*

늦은 밤, 세빈은 유나가 사는 집 앞을 서성거리고 있었다.

"언제쯤 오려나?"

가만히 그녀가 오는 방향을 뚫어져라 쳐다보던 세빈은 이내 고급 스포츠카를 타고 들어오는 유나를 발견했다.

부아아아아앙!

그녀는 훤칠한 외모의 청년과 함께 있었는데, 그 외모가 서로 닮아 있었다.

'뭐지? 누구지?'

계속해서 그녀를 예의주시하는 세빈, 그는 나무 뒤에 숨어 유나를 지켜보고 있었다.

하지만 청년은 그런 세빈의 위치를 아주 정확하게 짚어냈다.

"어이, 거기! 숨어서 지켜보지 말고 나와라! 남자가 치졸하게 숨어서 뭐하는 짓이냐?"

"허, 허억!"

숨이 멎을 듯한 세빈, 그는 쭈뼛쭈뼛 청년과 유나의 앞으로 걸어 나왔다.

그러자, 그녀가 조금 놀란 눈으로 세빈을 알아봤다.

"세빈 오빠? 아, 아니지. 나쁜 놈……?"

"뭐? 오빠는 뭐고 나쁜 놈은 또 뭐야?"

"그런 것이 있어."

이윽고 유나는 청년의 손을 잡아 이끈다.

"가자! 언니가 기다려."

"너를 보러 온 것 같은데, 아닌가?"

"……."

"몰라! 저런 놈은 상종할 필요가 없어!"

"그래도……."

세빈은 멀어지는 유나를 향해 손을 뻗었다가 이내 그것을 감추고 말았다.

'유, 유나야…….'

그의 손에는 전하지 못한 편지가 쥐어져 있었는데, 하늘에선 비가 쏟아지기 시작했다.

쏴아아아아아—

"……."

편지를 전하지 못하고 돌아서려던 그에게 유나의 오빠가 다가왔다.

"어이, 소년."

"……?"

"비가 온다. 우리 집에서 비를 피하고 가라."

"…괜찮습니다."

"유나가 불편해서 그렇다면 어쩔 수 없지만 말이야, 그렇게 쭈뼛거리기만 하면 평생 아무도 만날 수가 없어."

"……."

이윽고 그는 세빈의 손에 만 원짜리 지폐를 쥐어준다.

"정 그렇다면 택시라도 타고 가라. 보아하니 유나의 친구인 것 같은데, 그냥 두기 안쓰럽군."

"……"

그는 청년에게 꾸벅 고개를 숙인다.

"고맙습니다……"

"그래, 살펴가거라."

이내 돌아서는 청년, 세빈은 깊은 한숨을 내쉬었다.

"그 오빠라는 사람이 저 사람인 모양이구나. 어쩐지……"

자신은 결코 그를 이길 수 없을 것이라 생각하자 세빈은 고개를 푹 떨어뜨리고 말았다.

'포기할까?'

이미 소년의 마음속에 자리 잡은 순정, 그것이 과연 그리 쉽게 잊혀질지는 알 수가 없었다.

『현대 도술사』 5권에 계속…

멱운 장편 소설

FUSION FANTASTIC STORY

전쟁

삼국지

2세기 말 중국 대륙.
역사상 가장 치열했던 쟁패(爭霸)의
시기가 열린다!

중국 고대문학을 공부하던 전도형,
술 마시고 일어나니 도겸의 둘째 아들이 되었다?

조조는 아비의 원수를 갚으러 쳐들어오고
유비는 서주를 빼앗으려 기회만 노리는데……

"역시 옛사람들은 순수하다니까.
　유비가 어설픈 연기로도 성공한 데는 다 이유가 있지, 암."

**때로는 군자처럼, 때로는 효웅처럼!
도형이 보여주는 난세를 살아가는 법!**

— Book Publishing CHUNGEORAM

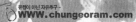